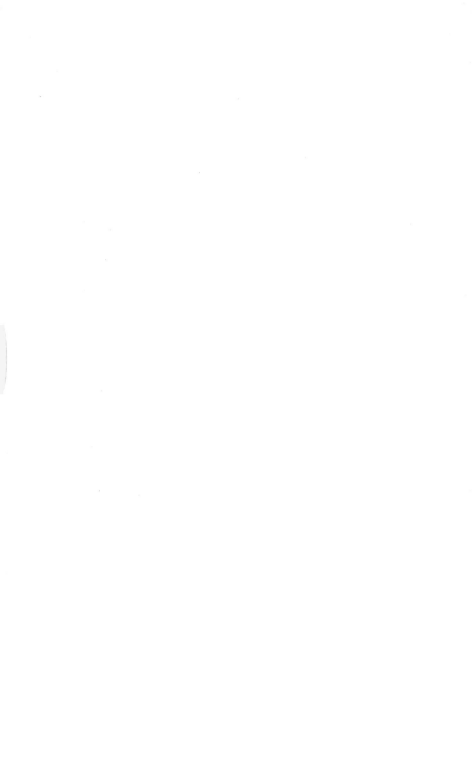

古體小說叢刊

紀聞輯校

〔唐〕牛　肅　撰
李劍國　輯校

中華書局

圖書在版編目(CIP)數據

紀聞輯校/(唐)牛肅撰;李劍國輯校. —北京:中華書局,2018.7(2023.12 重印)
(古體小説叢刊)
ISBN 978-7-101-13238-0

Ⅰ.紀… Ⅱ.①牛…②李… Ⅲ.筆記小説-小説集-中國-唐代 Ⅳ.I242.1

中國版本圖書館 CIP 數據核字(2018)第 104527 號

責任編輯:許慶江
責任印製:管 斌

古體小説叢刊
紀聞輯校
〔唐〕牛 肅 撰
李劍國 輯校
*
中 華 書 局 出 版 發 行
(北京市豐臺區太平橋西里 38 號 100073)
http://www.zhbc.com.cn
E-mail:zhbc@zhbc.com.cn
三河市宏盛印務有限公司印刷
*
850×1168 毫米 1/32 · 6⅝印張 · 2 插頁 · 150 千字
2018 年 7 月第 1 版 2023 年 12 月第 2 次印刷
印數:3001-3900 册 定價:28.00 元

ISBN 978-7-101-13238-0

《古體小説叢刊》出版説明

中國古代小説的概念非常寬泛，内涵很廣，類别很多，又是隨着歷史的發展而不斷演化的。古代小説的界限和分類，在目録學上是一個有待研究討論的問題。古人所謂的小説家言，如《四庫全書》所列小説家雜事之屬的作品，今人多視爲偏重史料性的筆記，我局已擇要編入「歷代史料筆記叢刊」，陸續出版。現將偏重文學性的作品，另編爲《古體小説叢刊》，分批付印，以供文史研究者參考。所謂古體小説，相當於古代的文言小説。爲了便於對舉，參照古代詩體的發展，把文言小説稱爲古體，把「五四」之前的白話小説稱爲近體，這是一種粗略概括的分法。本叢刊選收歷代比較重要或比較罕見的作品，採用所能得到的善本，加以標點校勘，如有新校新注的版本則優先録用。個别已經散佚的書，也擇要作新的輯本。古體小説的情況各不相同，整理的方法也因書而異，不求一律，詳見各書的前言。編輯出版工作中不够完善之處，誠希讀者批評指正。

中華書局編輯部

二〇〇五年四月

前言

在唐代小説發展史的前期——即武德至大曆的一百六十年間，牛肅《紀聞》無疑是最重要的小説集，無人能出其右，堪稱優秀之作。

牛肅生平事迹，文獻記載甚少，惟《元和姓纂》卷五《牛・涇陽》載其世系頗詳：「狀云牛邯之後。裔孫興，西魏太常丞，始居涇陽。曾孫遵，唐原州長史，生元亮、元璋。元亮，郎中，生容。容生上士。上士生肅、聳。肅，岳州刺史。聳，太常博士。元璋，興州刺史。」《姓纂》前又載：「漢牛邯爲護羌校尉，居隴西。」牛邯，東漢初人，《後漢書》多記之。卷一三《隗囂傳》載：「牛邯字孺卿，狄道人。有勇力才氣，雄於邊垂。及降（按：牛邯先爲西州大將軍隗囂將，建武八年降漢），大司徒司直杜林、太中大夫馬援並薦之，以爲護羌校尉，與來歙平隴右。」牛邯本隴西狄道（今甘肅臨洮縣）人，此牛氏祖籍。《新唐書》卷七五上《宰相世系表五上》載：「牛氏出自子姓。宋微子之後司寇牛父，子孫以王父字爲氏。漢有牛邯，爲護羌校尉，因居隴西。後徙安定，再徙鶉觚。」然牛肅祖上一支，至西魏太常丞牛興始徙居涇陽。涇陽縣唐屬京兆府，今屬陝西咸陽市。按《太平廣記》卷四〇〇引《紀聞》云「牛肅曾祖、大父皆葬河内」，又卷三六二引云「開元二十八年春二月……牛肅時在懷」。牛肅曾祖元亮、祖容皆葬於懷州河内(今河南沁陽市),是則祖上又自涇陽徙居河内,牛肅實爲河内人。

牛肅官岳州刺史,弟聳官太常博士,《全唐文》卷四三六收牛聳《對祓替請選判》一篇。據《廣記》卷三六一引《紀聞》,牛肅尚有一弟名成。又據卷二七一引《記聞》,肅長女曰應貞,文名遺芳,適弘農楊唐源,博學工文,年二十四而卒。應貞撰《魍魎問影賦》,序云:「庚辰歲,予嬰沈痛之疾,不起者十旬。毁頓精神,羸悴形體,藥物救療,有加無瘳。」其卒當在開元二十八年庚辰歲(七四〇)或次年,生年則在開元五年或六年。應貞出生時牛肅若以三十歲計,則肅之生蓋在武則天時。又《紀聞》多載開元、天寶中事,《廣記》卷一五〇引《張去逸》載事下及肅宗乾元元年(七五八)(按:此條首云「肅宗張皇后」,稱肅宗廟號,又《廣記》卷一四三引《王儦》亦稱肅宗,皆爲《廣記》編者所改),知肅宗時肅猶在世,約已六十餘歲,所終之官爲岳州刺史。《唐會要》卷六八《刺史上》載:「天寶元年正月二十日,改州爲郡,改刺史爲太守。至德二年十二月十五日,又改郡爲州,太守爲刺史。」知其爲岳州刺史約在肅宗乾元、上元間。

《紀聞》凡十卷,宋初著録於《崇文總目》小説類、《新唐書·藝文志》小説家類。《崇文目》作《紀聞》,聞,古聞字。其後《通志·藝文略》傳記冥異類、《宋史·藝文志》小説類並同。《宋志》復云崔造注。《通志略》注云「記釋氏道家異事」。《廣記》卷一〇四引《李虚》云「敕到豫州」，不避代宗諱，且崔造曾爲《紀聞》作注。崔造（七三七—七八七），字玄宰，博陵安平（今屬河北衡水市）人。代宗朝任左司員外郎，德宗朝任建州刺史、吏部郎中、給事中。貞元二年（七八六）拜相，秋罷爲太子右庶子。明年九月卒，年五十一。《舊唐書》卷一三〇、《新唐書》卷一五〇有傳。然則《紀聞》之成當在肅宗朝乾元元年至上元三年（七五八—七六二）間，乃晚年之作。

《紀聞》原書久佚不傳，《紺珠集》、《類説》、《説郛》皆未摘録。雖曾著録於《宋史・藝文志》，但《宋志》主要係根據兩宋《崇文總目》、《祕書總目》、《中興館閣書目》及《續書目》四書合編而成（《宋史・藝文志》序），並非元初尚存。南宋初期鄭樵《通志・藝文略》亦係綜合「歷代史册及采他書」而成（南宋王應麟《玉海》卷四七），是故《紀聞》有可能北宋時期即已亡佚。蓋唐人小説藉手鈔流傳，宋代少有刊刻，自生自滅而已。多虧《太平廣記》徵引甚多，《紀聞》内容方未湮滅。清丁丙《善本書室藏書志》卷二一子部小説家雜事之屬著録《紀聞》舊鈔本十卷，云唐牛肅撰，崔造注。汪辟疆《唐人小説》云：「金陵龍蟠里圖書館，藏有鈔本牛肅《紀聞》十卷，爲丁氏善本書室舊藏，亦從《廣記》輯出，非其舊也。」王國良《唐代小説叙録》云臺灣「中央圖書館」藏朱校鈔本一部十卷，自《廣記》輯出，又益以《御覽》卷四一五李娥廟一條而成，疑即原金陵所藏者。胡玉縉《四庫未收書目提要續編》卷三小説家類著録《牛氏紀聞》十卷，云：「唐牛肅撰，崔造注。肅、造字里未詳。……爲江南圖書館所藏舊鈔本，蓋猶從原帙録出也。」江南圖書館所藏舊鈔本即丁氏藏本，以爲從原書録出，説非。所稱「肅、造字里未詳」尤爲寡識。陸心源《皕宋樓藏書志》卷六二小説類亦有舊鈔本十卷，題唐牛肅撰，崔造注。後流入日本静嘉堂，蓋亦輯本。又明祁承㸁《澹生堂藏書目》子部小説家記異著録《牛氏紀聞》二卷，題唐牛肅，當亦輯本。

《廣記》引《紀聞》凡一百二十六條，其中題作《記聞》者二十條（據中華書局版汪紹楹校本），紀、記互通。數條作《紀聞録》、《紀録》，書名皆誤。又卷四〇一《玉猪子》作《紀聞列異》，蓋《列異》乃門類之名。是則《紀聞》原書分類而記，惟不知尚有何類名目。另外《太平寰宇記》卷一〇二、《晏元獻公類要》卷二、《輿地紀勝》卷一三二引有三條，不見於《廣記》。《廣記》所引中有三條非出牛書，即卷四二二《資州龍》、卷四三七《楊生》、卷四六一《王軒》。《太平御覽》卷四一五引《紀聞》吴大帝時宣城青陽縣孝女李娥事，非唐事，而牛書所記皆在唐，今亦不取。又《廣記》卷四〇七《涪水材》，記大曆七年（七七二）梓潼郪縣涪水流木事，出《洽聞記》，明鈔本作《紀聞》，誤也。以上五條列爲附録，以備檢審。

又者，談本有五事無出處，而《四庫》本皆作《紀聞》。卷四六一《元道康》，乃後魏事。

卷四九九《李師望》，實見《北夢瑣言》卷六。卷四九四《房光庭》，陳校本作《御史臺記》。卷三三五《楊國忠》，明鈔本、孫校本作《廣異記》，事即《説郛》卷三三《瀟湘録》之《胡亂之讖》。卷四九六《嚴震》，明鈔本云出《因話録》，陳校本云出《乾𦠆子》，趙璘《因話録》無此條，則出《乾𦠆子》。《四庫》本極不可靠，實館臣濫加出處也。

《紀聞》佚文今輯録一百二十六條，十卷之書，料所遺不多。百二十餘事，出玄宗朝者特多，皆近事，大抵爲牛肅親所聞見，是故書名曰《紀聞》。《史記》卷二八《封禪書》云「其詳不可得而記聞云」，蓋其所本。由於《紀聞》皆記牛肅親所聞見之事，故多涉其本人及家族。《懷州民》記牛肅開元二十八年二月在故鄉懷州親見當地人無故食土而味美，《杜暐》記康州司馬狄公爲牛肅講兩頭蛇事。《張氏》記牛肅姨寢疾而有異鳥鳴於庭樹事。《牛氏僮》記牛氏家僮之子小安掘得金鋌、丹砂事。《晉陽人妾》記牛肅舅爲晉陽縣尉時任留守判官，有人殺妾，而爲虎所噬，虎亦被人所殺。其舅得虎頭，漆之爲枕。《田氏子》記牛肅從舅過澠池詣田氏子，田氏子講其老豎親歷一烏龍事，即誤以過路婦人爲狐妖而傷之。以上大抵爲實情。《牛成》則記其弟牛成往孝義遇黑氣如轜車，村人爲之説怪，則稍見怪誕。最佳者乃《牛肅女》（本書改題《牛應貞》），其文乃傳奇之體。叙牛肅長女應貞夢中誦《春秋》，與古人談論，蓋言其才華天授。中全録應貞所作《魍魎問影賦》序及賦文，假託魍魎與應貞影問答，表達「達人委性命之修短，君子任時運之通塞」之道家思想。才女應貞年二十四而病故，牛肅痛惜之情可見。

《紀聞》事涉神仙釋道，神鬼怪魅，徵應定數，禽獸山精、遠國異民、金玉珠寶等，歷世志怪書之習見題材大率攝入。其中有幾宗題材最爲突出，頗具特色。首先是佛教題材，包括異僧、入冥、報應等，多達二十五個，而描述異僧最多。佛教題材的小説作品，魏晉南北朝已多。唐代佛教漸盛，尤其是武則天篤信佛法，改變高祖李淵老、孔、釋的排序，置釋於道上。牛肅應當是佛教信奉者，《紀聞》對佛教題材的人物故事最爲關注，用力頗巨。如《稠禪師》、《儀光禪師》、《法將》、《洪昉禪師》、《僧伽大師》、《和和》等都記述高僧、異僧，或預知休咎，言事多中，或道品高尚，通曉法術。其中洪昉禪師最奇，應邀入地上天爲閻羅王造齋，爲南天王、釋迦天王講經。《徐敬業》則記徐敬業起兵反武則天兵敗遁逃爲僧，最終修成正果。是關於徐敬業的傳聞，實際包含着對這位功臣後代的崇敬之情。入冥故事是魏晉南北朝以來習見題材，《紀聞》亦多有記述。如屈突仲任因殺害飛走入冥，還魂後遵囑刺血寫一切經而罪盡（《屈突仲任》），李思元入冥見報應，再生後遂潔淨長齋（《李思元》），李虛因保全佛堂，入冥後獲福延年三十（《李虛》），僧齊之入冥得地藏菩薩護祐（《僧齊之》）。入冥故事涉及佛家因果報應思想，如牛騰篤敬佛道得善報免難（《牛騰》），當塗民取鱔魚而致一家七人相繼死（《當塗民》），則爲殺生惡報。

神仙道教故事漢以降亦多。玄宗惑溺神仙道教，牛肅染乎時風，故亦多記道士、道術之事，如《邢和璞》、《王賈》、《周賢者》、《紫雲觀女道士》等。《紫雲觀女道士》涉及玄宗，寫蒲州紫雲觀女道士辟穀輕身，因風飛至東京玉貞觀，玄宗大加敬畏，錫金帛，送還蒲州。《王旻》亦涉及玄宗，王旻號太和先生，是得道者，但又長於佛教，以玄宗不好釋典而每以釋教引之，廣陳報應。但王旻又嘗言「張果天仙也，在人間三千年矣」，仰慕之情可見。故事佛道雜糅，反映出唐代佛道融合的現象。《郗鑒》是遇仙故事，也是傳統題材，所遇乃晉太尉郗鑒，服藥成仙。

《紀聞》其他類型的題材尚多，值得特别提出來的是天狐、山都、廁神、動物報恩、海外異國等，凡此也都有淵源可尋，而《紀聞》豐富了這些傳説。早在東晉郭璞《玄中記》就已有天狐概念，即所謂「千歲即與天通，爲天狐」。陶潛《搜神後記》中的千歲狐伯裘上天化爲神，即是天狐。《紀聞》所記狐精故事中，《葉法善》、《鄭宏之》、《袁嘉祚》便是三個天狐故事。道士葉法善稱化爲婆羅門惑人的狐精是「能與天通」的「天狐」，「斥之則已，殺之不可」，將其貶到千里之外。鄭宏之所拘老狐自稱「吾已千歲，能與天通，殺予不祥」。袁嘉祚所得老狐自稱「吾神能通天，預知休咎」。此後唐人小説中天狐故事頗多，《紀聞》可謂承上啓下，發其先聲。古來即流傳種種山精故事，山都是其一，多見記載。《紀聞》記有汀州山都，説山都分爲人都、猪都、鳥都三種，皆居樹窟而形狀各異。或人形，或人與禽獸嵌合體。文中還提到木客，與山都並列，古書亦多有記。廁神廁鬼亦古來多傳。《異苑》記妾紫姑爲大婦虐死，世人夜於廁間或猪欄邊迎之，能占衆事，卜未來蠶桑，即爲廁神。又云陶侃如廁見廁神名後帝。《紀聞》有三事言及廁神，《刁緬》云廁神形如大猪，遍體有眼，出入溷中，遊行院内，祭之而屢遷貴官。《王無有》云廁神乃深目巨鼻、虎口烏爪、色黑且壯之人，知人壽命。《王昇》云廁神大耳深目，虎鼻猪牙，紫面斒斕，見而立死。三廁神皆爲男性，後來柳宗元《李赤傳》叙詩人李赤爲廁鬼惑死，廁鬼爲婦人，與紫姑同，然爲惡鬼，異於紫姑。動物報恩故事，干寶《搜神記》、劉敬叔《異苑》多記之，《異苑》記載過大客即大象對救助者以長牙相報之事。無獨有偶，《紀聞》亦有同類故事，《淮南獵者》記大象求獵者除掉猛獸而報以所藏象牙三百餘莖。報恩故事由人及獸頗有意味，是古人道德觀念的突出反映。自《山海經》以來多記遠國異民，其《海外東經》記有「爲人大」的大人國。《淮南子·時則訓》亦云：「東方之極，自碣石山過朝鮮，貫大人之國。」高誘注云大人國在朝鮮樂浪縣東。張華《博物志·外國》亦記大人國，去會稽四萬六千里，《太平御覽》卷三六一引《外國圖》稱作長人國。《紀聞》記長人國二條，國在新羅、日本間海上，長人長三丈，黑毛裸體，鋸牙鉤爪，逐禽獸而食，時亦食人。此後唐人小説未見有記，唯五代王仁裕《玉堂閒話》言及新羅海島身長五六丈且吃人的大人。

就小説文體而言，《紀聞》大都爲志怪體。亦有非異聞者，多爲雜事之體，約十餘條。志怪、雜事大都係短文，竟有三五十字者，知存六朝舊式。然較長之傳奇體作品多至二十餘篇，若《吴保安》、《洪昉禪師》諸篇竟長達二千餘字。志怪集中多見傳奇之體，此書爲首出。前所提到的《牛應貞》、《稠禪師》、《僧伽大師》、《屈突仲任》、《李思元》、《李虛》、《牛騰》、《王賈》、《周賢者》、《郗鑒》、《淮南獵者》等也都是，大抵具有精心結構，情節比較曲折，描述比較細緻的特點。除此，若《裴伷先》叙述主人公在南中、北庭的奇特經歷，《馬待封》詳盡描寫所造粧具、酒山之奇巧，《蘇無名》表現破案之才智，《竇不疑》之描寫沙場、店肆妖怪情景，也都生動可觀。最佳者乃《吴保安》，描述吴保安十年捨家積絹贖救身陷蠻洞的郭仲翔，而仲翔負保安夫婦遺骸徒行數千里歸鄉厚葬，廬墓三年，並撫養保安子成人，爲之娶妻讓官。此等友情道義，誠千古難有。《吴保安》是紀實性的傳類傳奇作品，爲同類傳奇創作提供了經驗。志怪作品大抵述奇而已，可稱道者寡。較好的如《季攸》寫結怨而死的女鬼自尋美男而成冥婚。最佳者乃是不足百字的《巴峽人》，描寫行人於巴峽夜聞鬼吟詩，秋葉寒草、猿啼客淚的詩意、悽厲激昂的悲聲，與空山石泉、谿谷幽絕的環境交融一起，構成意境。志怪的詩意化和意境化，極大提升了傳統志怪小説的文學品格，實屬難能可貴，即在唐人志怪中亦不多見。雜事作品，若《張守信》、《李睍》之説媒者誤取同姓，可知唐代同姓忌婚之俗，《張藏用》之官員誤笞他人，皆爲諷刺滑稽小品。

要之，牛肅《紀聞》在唐代小説史上具有很高的小説史價值、文學價值及史料價值、民俗學價值，足以廁身於優秀唐人小説集之林。《紀聞》許多作品爲宋明清及民國各類書採録，如《宋高僧傳》、《南部新書》、《新唐書》、《資治通鑑》、《神僧傳》、《勸善書》、《古今説海》、《逸史搜奇》、《合刻三志》、《緑窗女史》、《唐人百家小説》、《剪燈叢話》、《才鬼記》、《廣豔異編》、《續豔異編》、《狐媚叢談》、《情史》、《古今譚概》、《增廣智囊補》、《唐人説薈》、《龍威秘書》、《全唐文》、《藝苑捃華》、《晉唐小説六十種》、《舊小説》等。《吴保安》、《裴伷先》還被改編爲戲曲和話本，前者有明沈璟《埋劍記》傳奇、鄭虚舟《大節記》傳奇、《古今小説》卷八《吴保安棄家贖友》。後者有明許三階及許自昌改訂本《節俠記》傳奇、清王翃《詞苑春秋》傳奇（一作主弧者《留生氣》）。《紀聞》之影響於此可見。

本書爲《紀聞》輯本。所據《太平廣記》，版本甚多。明談愷嘉靖四十五年丙寅刻本最爲常見（簡稱談本），其餘尚有明沈與文野竹齋鈔本（簡稱明鈔本，藏國家圖書館），隆慶萬曆間活字本（藏臺北故宫博物院圖書館），許自昌刻本（簡稱許本），清黄晟乾隆十八年校刊巾箱本（簡稱黄本），《四庫全書》本（簡稱《四庫》本，所據爲談本，以黄本校，然文字多有擅改），民國《筆記小説大觀》石印本（底本爲黄本，文字有所校改，蓋據《四庫》本等）。又清康熙間孫潛以鈔宋本校談本（簡稱孫校本，藏臺灣大學研究圖書館），陳鱣以宋刻校許本（簡稱陳校本，藏國圖），與明鈔本均係珍本。朝鮮成任編《太平廣記詳節》五十卷（今殘存二十六卷），所據亦爲宋本，且爲早出者。中華書局版汪紹楹校點《太平廣記》，以談本後印本爲底本及參校另兩種印本，用明鈔本、陳校本校勘，參酌許本、黄本。張國風《太平廣記會校》（北京燕山出版社，二〇一一）取校版本主要爲沈、孫、陳三本，視汪校本爲備。因汪校本流傳既久，雖頗有疏誤，難稱精校，然其校改較爲謹慎規範，故本書以《廣記》輯録者，均取汪校本爲底本，或亦參覈談本原刻，改其誤字。汪校本校改無誤者徑從之。張氏《會校》亦多所取資。臺灣嚴一萍《太平廣記校勘記》，主要據孫校本，又據汪校本轉録明鈔、陳校，亦用作參考。

輯本標目，凡輯自《廣記》者，大抵依原題，若有改動則予説明，輯自他書者自擬。依原書卷帙，亦編爲十卷。

李劍國　二〇一八年元旦

目録

紀聞卷四

紀聞卷五

紀聞卷六

紀聞卷九

紀聞卷十

附録

紀聞卷一

邢和璞

邢先生名和璞，善方術。常携竹算數計，算長六寸。人有請者，到則布算爲卦，縱横布列，動用算數百，布之滿牀。布數已，乃告家之休咎，言其人年命長短及官禄如神。先生貌清羸，服氣，時餌少藥。人亦不詳所生。開元〔一〕二十年至都，朝貴候之，其門如市。能增人算壽，又能活其死者。

先生嘗至白馬坂下，過〔二〕友人。友人已死信宿，其母哭而求之。和璞乃出亡人寘于牀，引其衾，解衣同寢，令閉户，眠熟。良久起，命〔三〕具湯，而友人猶死。和璞長嘆曰：「大人與我約而妄，何也？」復令閉户，又寢。俄而起曰：「活矣。」母入視之，其子已蘇矣。母問之，其子曰：「被録〔四〕在牢禁繫，榜〔五〕訊正苦。忽聞外曰：『王唤苦人〔六〕。』官不肯，曰：『訊未畢，不使去。』少頃，又驚走至者，曰：『邢仙人自來唤苦〔七〕人。』官走〔八〕出迎，再拜恐懼，遂令從仙人歸，故生。」

又有納少妾，妾善歌舞而暴死者，請和璞活之。和璞墨書一符，使置妾卧處。俄而言曰：「墨符無益。」又朱書一符，復命置於牀。俄而又曰：「此山神取之，可令追之。」又書一大符焚之，俄而妾活。言曰：「爲一胡〔九〕神領從者數百人拘去，閉宫門，作樂酣飲。忽有排户者曰：『五道大使呼歌者。』神不應。頃又曰：『羅大王使召歌者。』方駭，仍曰：『且留少時。』須臾，數百騎馳入宫中，大呼曰：『天帝詔，何敢輒取歌人？』令曳神下，杖一百，仍放歌人還。於是遂生。」

和璞此事至多，後不知所適。（《太平廣記》卷二一六《神仙二十六》，出《紀聞》）

〔一〕開元　前原有「唐」字。按：唐人著述不當如此，若言唐，亦必爲「大唐」、「我唐」之類。此乃《廣記》編者所加，以明朝代。今删。以下各篇同。

〔二〕過　原作「遇」，汪校本據明鈔本改。按：《永樂大典》卷一二〇一八《起死僊友》引《太平廣記》亦作「過」。

〔三〕命　此字原無，據《大典》補。

〔四〕録　原作「籙」，誤，據《大典》改。録，拘捕。

〔五〕栲　孫校本作「拷」。按：栲，通「拷」。《大典》亦作「栲」。

〔六〕苦人　汪校本據明鈔本改作「其人」。《筆記小説大觀》本亦作「其人」。按：唐釋道世《法苑珠林》卷三二《變化篇》引《觀佛三昧經》：「我聞人説迦毗羅城净飯王子，身紫金色，三十二相，愍諸盲冥，救濟苦人，恒在此城。」作「苦人」不誤，今回改。下同。

〔七〕苦　《大典》譌作「若」。

〔八〕走　原作「吏」。明鈔本、孫校本、陳校本及《大典》作「走」，是也。據改。

〔九〕胡　《四庫》本避清諱改作「山」。

郗鑒

滎陽鄭曙，著作郎鄭虔之弟也。博學多能，好奇任俠。嘗因會客，言及人間奇事。曙曰：「諸公頗讀《晉書》乎？見太尉郗鑒事跡否？《晉書》雖言其人死，今則存。」坐客驚曰：「願聞其説。」

曙曰：「某所善武威段歘，爲定襄令。歘有子曰䂏〔一〕，少好清虚，慕道，不食酒肉。年十六，請於父曰：『願尋名山，訪異人求道。』歘許之，賜錢十萬，從其志。段子天寶五載行過魏郡，舍於逆旅。逆旅有客焉，自駕一驢，市藥數十斤，皆養生辟穀之物也。而其藥有難求未備者，日日於市邸謁胡商覔之〔二〕。䂏視此客，七十餘矣，雪眉霜鬢，而貌如桃花，亦不食穀。䂏知是道者，大喜。伺其休暇，市珍果美膳、藥食醇醪薦之。客甚驚，謂䂏曰：『吾山叟，市藥來此，不願世人知，子何得覺吾而致此耶〔三〕？』䂏曰：『某雖幼齡，性好虛静。見翁所爲，必是道者，故願歡會。』客悦爲飲。至夕，因同宿。數日事畢將去，謂晳曰：『吾姓孟，名期思，居在恒山，於行唐縣西北九〔四〕十里。子欲知，吾名氏如此。』晳又爲祖餞，叩頭誠祈，願至山中，諮受道要。叟曰：『若然者，觀子志堅，可與居矣。然山中居甚苦，須忍饑寒，故學道之人多生退志。又山中有耆宿，當須啓白。子熟計之。』晳又固請，叟知其有志，乃謂之曰：『前至八月二十日，當赴行唐，可於西北行三十里，有一孤姥莊〔五〕。莊内孤姥甚是奇人，汝當謁之，因言行意，坐以須我。』晳再拜受約。

「至期而往，果得此孤莊。老姥出問之，晳具以告姥。姥喜〔六〕，撫背言曰：『小子年幼若此，而能好道，美哉！』因納其囊裝於櫃中，坐晳于堂前閤内。姥家甚富，給晳所須甚厚。居二十日而孟先生至，顧晳言曰：『本謂率語耳，寧期果來。然吾有事到恒州，汝且居此，數日當返。』如言却到，又謂晳曰：『吾更啓白耆宿，當與君俱往。』數日復來，令姥盡收掌晳資裝，而使晳持隨身衣衾往。晳於是從先生入。初行三十里，大艱險，猶能践履。又三十里，即手捫藤葛，足履嵌巖，魂竦汗出，而僅能至。其所居也，則東向南向，盡崇山巨石，林木森翠。北面差平，即諸陵〔七〕嶺。西面懸下，層谿千仞，而有良田，山人頗種植。其中有瓦屋六間，前後數架。在其北，諸先生居之。東厢有廚竈。飛泉簷間落地，以代汲井。其北户内，西二間爲一室，閉其門；東西間爲二室，有先生六人居之。其室前廡下，有數架書，三二千卷，穀千石，藥物至多，醇酒常有數石。碧既謁諸先生，先生告曰：『夫居山異於人間，亦大辛苦，須忍饑餒，食藥餌。能甘此，乃可居，子能之乎？』碧曰：『能。』於是留止。

「凡五日，孟先生曰：『今日盍謁老先生。』於是啓西室。室中有石堂，堂北開，直下臨眺川谷，而老先生據繩床，北面而齋心焉。碧敬〔八〕謁拜老先生。先生良久開目，謂孟叟曰：『是爾所言者耶？此兒佳矣，便與汝充弟子。』於是辭出，又閉户。其庭前臨西澗，有松樹十株，皆長數仞。其下盤石，可坐百人，則於石中鐫局。諸先生休暇，常對棊而飲酒焉。碧爲侍者，覘〔九〕先生棊，皆不工也。因教其形勢，諸先生曰：『汝亦曉棊，可坐。』因與諸叟對，叟皆不敵。於是老先生命開户出，植杖臨崖而立，西望移時。因顧謂叟：『可對棊。』孟期思曰：『諸人皆不敵此小子。』老先生笑，因坐，召碧：『與爾對之。』既而先生棊少〔一〇〕劣於碧，又微笑謂碧曰：『欲習何藝乎？』碧幼年，不識〔一一〕求方術，而但言願且受《周易》。老先生詔孟叟受〔一二〕之。老先生又歸室，閉其門。碧習《易》踰年，而日曉〔一三〕占候布卦，言事若神。碧在山四年，前後見老先生出户，不過五六度，但於室内端坐繩床，正心禪觀，動則三百二百日不出。老先生常不多開目，貌有童顔，體至肥充，都不復食。每出禪時，或飲少藥汁，亦不識其藥名。後老先生忽云：『吾與南岳諸葛仙家爲期，今到矣，須去。』䂵在山久，忽思家，因請還家省覲，即却還。孟先生怒曰：『歸即歸矣，何却還之有！』因白老先生。先生讓孟叟曰：『知〔一四〕此人不終，何與來也？』於是使歸。

「歸後一歲，又却尋諸先生，至則室屋如故，門户封閉，遂無一人。下山問孤莊老姥，姥曰：『諸先生不來，尚〔一五〕一年矣。』䂵因悔恨殆死。䂵在山間，常問孟叟：『老先生何姓名？』叟取《晉書·郗鑒傳》令讀〔一六〕之，謂曰：『欲識老先生，即郗太尉也。』」（《太平廣記》卷二八《神仙二十八》，出《記聞》）

〔一〕䂵　明鈔本、孫校本作「碧」，下同。又明胡應麟《少室山房筆叢》卷四三《玉壺遐覽二》：「郗鑒得道居名山，唐時尚存。」注：「有段碧者見之。見《太平廣記》中。」

〔二〕胡商覔之　「胡商」明鈔本、孫校本作「商胡」。「覔」孫校本作「取」。

〔三〕耶　明鈔本、孫校本作「飯」。

〔四〕九　孫校本作「凡」。

〔五〕孤姥莊　孫校本作「姥孤莊」，其餘「姥」字皆作「母」。

〔六〕喜　此字原無，據明鈔本補。

〔七〕陵　孫校本作「峻」。

〔八〕敬　明鈔本、孫校本作「則」。

〔九〕覩　明鈔本、孫校本作「覘」。

〔一〇〕少　明鈔本作「亦」。

〔一一〕識　明鈔本、孫校本作「先」。

〔一二〕受　明鈔本、孫校本、《四庫》本作「授」。按：受，通「授」。

〔一三〕日曉　孫校本作「早晚」。

〔一四〕知　明鈔本、孫校本作「如」。

〔一五〕尚　明鈔本、《四庫》本作「向」。按：尚，庶幾，差不多。向，大約。

〔一六〕讀　孫校本作「誦」。

按：《東坡先生詩集註》卷二九《次王定國韻書丹元子寧極齋》趙次公註節引，作《紀聞》。

王賈

婺州參軍王賈〔一〕，本太原人。移家覃懷，而先人之壟在於臨汝。賈少而聰穎，未嘗有過，沉靜少言。年十四，忽謂諸兄曰：「不出三日，家中當恐，且有大喪。」居二日，宅中大〔二〕火，延燒堂室。祖母〔三〕年老震驚，自投于牀而卒。兄以賈言聞諸父，諸父訊賈，賈曰：「卜筮而知。」後又白諸父曰：「太行南泌河灣澳內，有兩龍居之。欲識真龍，請同觀之。」諸父怒曰：「小子好詭言駭物，當笞之。」賈跪曰：「實有，故請觀之。」諸父因與同行〔四〕，賈請具雨衣。於是至泌河浦〔五〕深處，賈入水，以鞭畫之，水爲之分。下有大石，二龍盤繞之，一白一黑，各長數丈。見人冲天。諸父大驚，良久瞻視。賈曰：「既見矣，將復之〔六〕。」因以鞭揮之，水合如舊，則雲霧晝昏，雷電且至。賈曰：「諸父駛去。」因馳。未里餘，飛雨大注。方知非常人也。

賈年十七，詣京舉孝廉。既〔七〕擢第，乃娶清河崔氏。後〔八〕選授婺州參軍。還過東都，賈母之表妹死已經年，常於靈帳發言，處置家事。兒女僮妾，不敢爲非。每索飲食衣服，有不應求，即加笞罵，親戚咸怪之。賈曰：「此必妖異。」因造姨宅，唁姨諸子。先是姨謂諸子曰：「明日王家外甥來，必莫令進。此小子大罪過人。」賈既至門，不得進。賈令召老蒼頭，謂曰：「宅内言者，非汝主母，乃妖魅耳。汝但私語汝諸郎〔九〕，令引我入，當爲除去之。」家人素病之，乃潛言於諸郎。諸郎亦悟，因哭令〔一〇〕賈入。賈拜〔一一〕弔已，因向靈言曰：「聞姨亡來大有神〔一二〕，言語如舊，今故謁姨，何不與賈言也？」不應。賈又邀之曰：「今故來謁，姨若不言，終不去矣，當止於此。」魅知不免〔一三〕，乃帳中言曰：「甥比佳乎？何期〔一四〕別後，生死遂隔。汝不忘吾，猶能相訪，愧不可言。」因涕泣。言語泣聲〔一五〕，皆姨平生聲也。諸子聞之號泣。姨令具饌，坐賈於前，命酒相對，慇懃不已。醉後，賈因請曰：「姨既神異，何不令賈見形〔一六〕？」姨曰：「幽明道殊，何要相見！」賈曰：「姨不能全出，請露半〔一七〕面。不然，呈一手一足，令賈見之。如不相示，亦終不去。」魅既被邀苦至，因見左手於几〔一八〕，宛然又姨之手也。諸子又號泣〔一九〕。賈因前執其手，姨驚，呼諸子〔二〇〕曰：「外甥無禮，何不與手〔二一〕！」諸子未進，賈遂引其手，撲之於地，尚猶哀叫。撲之數四，即死，乃老狐也。形既見，體裸無毛。命火焚之，靈語遂絶。

賈至婺州，以事到東陽。令有女，病魅數年，醫不能愈。令邀賈到宅，置茗〔二二〕饌而不敢有言。賈知之，謂令曰：「聞君〔二三〕有女病魅，當爲去之。」因爲桃符，令置所卧牀前。女見符，泣而罵，須臾眠熟。有大貍腰斬，死於牀下，疾乃止。時杜暹爲婺州參軍，與賈同列，相得甚歡。與暹同部領，使于洛陽。過錢塘江，登羅刹山，觀浙江潮。謂暹曰：「大禹真聖者，當理水時，所有金櫃玉符，以鎮川瀆。若此杭州城不鎮壓，尋當陷〔二四〕矣。」暹曰：「何以知之？」賈曰：「此石下是，相與觀焉。」因令暹閉目，執其手，令暹跳下。暹忽閉目，已至水底。其空處如堂，有大石櫃，高丈餘，鏁之。賈手開其鏁，去〔二五〕其蓋，引暹手登之，因同入櫃中。又有金櫃，可高三尺，金鏁鎖之。賈曰：「玉符在中，然世人不合見〔二六〕。」暹觀之，既已，則鏁石櫃〔二七〕，又接其手，令騰出。暹距躍〔二八〕，則至岸矣。既與暹交熟，乃告暹曰：「君有宰相禄，當自保愛。」因示其拜官歷任，及於年壽，周細語之。暹後還拜，一如其説。

既而至吴郡，停船，而女子夭死，生五年矣。母撫之哀慟，而賈不哭。暹重賈，各見妻子，如一家。於是對其妻謂暹曰：「吾第三天人也。有罪，謫爲世人二十五年。今已滿矣，後日當行。此女亦非吾子也，所以早夭。妻崔氏亦非吾妻，即吉州别駕李乙妻也。緣時歲未到，乙未合娶。以吾既爲世人〔二九〕，亦合有室，故司命權以妻吾。吾今期盡，妻即當過〔三〇〕李氏。李氏三品禄數任〔三一〕，生五子。世人不知，何爲妄哭〔三二〕！」妻久知其夫靈異，因輟哭，請曰：「吾方年盛，君何忍見捨？且暑月在途，零丁如此，請送至洛，得遂棲息〔三三〕。行路之人，猶合矜愍，況室家之好，而忽遺棄耶？」賈笑而不答。因令造棺器，納亡女其中，寘之船下。又囑暹以身後事，曰：「吾卒後，爲素棺，漆其縫，將至先塋，與女子皆祔於墓。殮後即發，至宋州〔三四〕。崔氏伯任宋州别駕，當留其姪，聽之。至冬初，李乙必充計入京，與崔氏伯相見，即伯之故人，因求婚，崔别駕以姪妻之，事已定矣。」暹然之。其妻日夜涕泣，請其少留，終不答。至日沐浴，衣新衣。暮時召暹，相對言談。頃而卧，遂卒。暹哭之慟，爲製朋友之服，如其言殮之。行及宋州，崔别駕果留其姪。暹至臨汝，乃厚葬賈及其女。其冬，李乙至宋州，求婿其妻，崔别駕以妻之。暹後作相，歷中外，皆如其語。（《太平廣記》卷三二《神仙三十二》，出《紀聞》）

〔一〕王賈　南宋羅泌《路史後紀》卷一二《疏仡紀·夏后氏》羅苹注：「昔王原引杜暹下浙江觀禹王

匱事，見《紀聞》。」作「王原」，誤。

〔二〕大　此字原無，據明鈔本、孫校本補。

〔三〕祖母　孫校本作「祖父」。

〔四〕諸父因與同行　原作「諸父怒曰小子好詭與同行」，與上文重複，孫校本、明陸楫《古今説海》説淵部別傳四十八《王賈傳》、汪雲程《逸史搜奇》丙集三《王賈》無「怒曰小子好詭」六字，後二書「與」前有「因」字，據改。

〔五〕浦　明鈔本、孫校本作「洞」，《説海》、《逸史搜奇》作「淵」。

〔六〕之　原作「還」，據明鈔本、孫校本、《説海》、《逸史搜奇》改。

〔七〕既　明鈔本、孫校本作「果」。

〔八〕後　明鈔本、孫校本作「數」。

〔九〕諸郎　原作「主」，據孫校本改。《説海》、《逸史搜奇》作「郎君」。

〔一〇〕因哭令　原作「邀」，明鈔本、孫校本作「因笑令」。按：《説海》、《逸史搜奇》連下作「因哭令賈行弔」，則「笑」字乃「哭」字之誤。明憑虚子《狐媚叢談》卷四《王賈殺狐》亦作「因哭令」，據改。

〔一一〕拜　明鈔本、孫校本作「行」。

〔一二〕神　《説海》、《逸史搜奇》作「神異」。

〔一三〕知不免　明鈔本、孫校本作「不免其請」，《説海》、《逸史搜奇》、《狐媚叢談》作「被其勤請」。

〔一四〕期　孫校本作「後期」，下文「别後」連下讀。

〔一五〕泣聲　此二字原無，據明鈔本、孫校本、《説海》、《逸史搜奇》補。

〔一六〕見形　《説海》、《逸史搜奇》、《狐媚叢談》作「一見」。

〔一七〕半　明鈔本、孫校本無此字。

〔一八〕几　原作「手指」，據孫校本、《説海》、《逸史搜奇》、《狐媚叢談》改。

〔一九〕泣　明鈔本、孫校本作「叫」。

〔二〇〕呼諸子　孫校本作「命兒子」。

〔二一〕與手　原作「舉手」。按：當作「與手」，動手痛打之謂。後人不解其意，妄改作「舉手」。《新輯搜神後記》卷六《會稽老黄狗》：「二人各敕子弟，令與手。」《宋書》卷九五《索虜傳》：「泰之（劉泰之）等至，虜都不覺，馳入襲之，殺三千餘人，燒其輜重。……諸亡口悉得東走，大呼云：『官軍痛與手。』虜衆一時奔散。」《資治通鑑》卷一八五《唐紀一·武德元年》：「賊徒喜譟動地，化及（宇文化及）揚言曰：『何用持此物出，亟還與手。』」胡三省注：「與手，魏齊間人率有是言，言與之毒手而殺之也。」今改。

〔二二〕茗　孫校本作「名」。

〔二三〕君　明鈔本、孫校本作「令」。

〔二四〕陷　南宋陳葆光《三洞群仙録》卷一六《王賈玉符》引《廣記》作「壞」。

〔二五〕去　孫校本作「又去」。

〔二六〕然世人不合見　《群仙録》作「非有緣不能見也」。

〔二七〕則鏁石櫃　此四字原無，據明鈔本、孫校本、《説海》、《逸史搜奇》補。

〔二八〕距躍　《説海》、《逸史搜奇》作「纔跳躍」。按：距躍，跳躍。

〔二九〕以吾既爲世人　原無「吾既爲」三字，據《説海》、《逸史搜奇》補。孫校本作「以吾既爲人」。

〔三〇〕過　《説海》、《逸史搜奇》作「適」，意同。

〔三一〕數任　《説海》、《逸史搜奇》作「致仕」。

〔三二〕世人不知何爲妄哭　明鈔本、孫校本「世」作「此」。《説海》、《逸史搜奇》作「大數已定，不知何爲妄哭」。

〔三三〕得遂棲息　明鈔本、《説海》、《逸史搜奇》作「得免棲遲」。孫校本作「得逸棲遑」。

〔三四〕至宋州　「至」上原有「使」字，據明鈔本、孫校本、《説海》、《逸史搜奇》删。

紫雲觀女道士

開元二十四年春二月，駕在東京，以李適之爲河南尹。其日大風，有女冠乘風而至玉貞觀〔一〕，集于鐘樓，人觀者如堵。以聞于尹，尹率略人也，怒其聚衆，袒而笞之，至十。而乘風者既不哀祈，亦無傷損，顔色不變。於是適之大駭，方禮請〔二〕奏聞。勑召入内殿，訪其故，乃蒲州紫雲觀女道士也。辟穀久輕身，因風遂飛至此。玄宗大加敬畏，錫金帛，送還蒲州。數年後，又因大風，遂飛去不返。（《太平廣記》卷六二《女仙七》，出《紀聞》）

〔一〕乘風而至玉貞觀　「而」孫校本作「飛」。「貞」《三洞群仙録》卷一二《紫雲乘風》引《紀聞録》作「真」。

〔二〕請　《群仙録》作「謁」。

王旻

太和先生王旻，得道者也。常遊名山五岳。貌如三十餘人。其父亦道成，有姑亦得道，道高於父。旻常言，姑年七百歲矣。有人知〔一〕其姑者，常在衡岳，或往來天台、羅浮，貌如童嬰，其行比陳夏姬，唯以房中術致不死，所在夫壻甚衆。

天寶初，有薦旻者，詔徵之，至則于内道場安置。旻〔二〕學通内外，長於佛教，帝與貴妃楊氏，旦夕禮謁，拜於牀下，訪以道術。旻隨事教之，然大約在于修身儉約，慈心〔三〕爲本。以帝不好釋典，旻每以釋教引之，廣陳報應，以開其志，帝亦雅信之。旻雖長于服餌，而常飲酒不止。其飲必小爵，移晷乃盡一杯。而與人言談，隨機應對，亦神者也。人退，皆得所未得。其服飾，隨四時變改。或食鯽魚，每飯稻米，然不過多。至葱韭葷辛之物，鹹酢非養生者，未嘗食也。好勸人食蘆菔根葉，云久食功多力甚，養生之物也。人有傳世世〔四〕見之，面貌皆如故，蓋及千歲〔五〕矣。

在京多〔六〕年。天寶六年，南岳道者李遐周，恐其戀京不出，乃宣言曰：「吾將爲帝師〔七〕，授以祕籙。」帝因令所在求之。七年冬而遐周至，與旻相見，請曰：「王生戀世樂，不能出耶？可以行矣。」于是勸旻令出。旻乃請于高密牢山合煉，玄宗許之。因改〔八〕牢山爲輔唐山，許旻居之。旻嘗言：「張果天仙也，在人間三千年矣。姜撫地仙也，壽百〔九〕九十三矣。撫好殺生命，以折己壽，是仙家所忌，此人終不能白日昇天矣。」（《太平廣記》卷七二《道術二》，出《紀聞》）

〔一〕知　明鈔本、孫校本作「識」。

〔二〕旻　此字原無，據孫校本補。按：北宋馬永易《實賓録》卷一一《太和先生》亦有此字。

〔三〕心　《四庫》本作「悲」。

〔四〕世世　明鈔本、孫校本作「世」。

〔五〕蓋及千歲　明鈔本作「數百歲」，孫校本作「蓋數百歲」。

〔六〕多　明鈔本、孫校本作「累」。

〔七〕師　明鈔本、孫校本無此字。

〔八〕改　《五色線集》卷下《輔唐山》（無出處）、《孔帖》（即《白孔六帖》之南宋孔傳編《後六帖》）卷五《輔唐山》（出《獨異志》）作「號」。

〔九〕百　此字原無，據明鈔本、孫校本補。

周賢者

則天朝，相國裴炎第四弟，爲虢州司户。虢州有周賢者，居深山，不詳其所自。與司户善，謂曰：「公兄爲相甚善，然不出三年，當身戮家破，宗族皆誅，可不懼乎？」司户具悉其行事，知非常人也，乃涕泣而請救。周生曰：「事猶未萌，有得脱理。急至都，以吾言告兄，求取黄金五十鎰將來，吾於弘農山中，爲作章醮，可以移禍殃矣。」司户於是取急還都，謁兄河東侯炎。炎爲人睦親，於友悌甚至。每兄弟自遠來，則同卧談笑。雖彌歷旬日，不歸内寢焉。司户夜中以周賢語告之，且求其金。炎不信神鬼，至於邪俗鎮厭，常呵怒〔一〕之。聞弟言，大怒曰：「汝何不知〔二〕大方，而隨俗幻惑？此愚輩〔三〕何解，而欲以金與之？且世間巫覡，好託鬼神，取人財物，吾見之常切齒。今汝何故忽有此言？靜而思之，深令人恨。」司户泣曰：「周賢者識非俗幻〔四〕，每見發言，未嘗不中。兄爲宰相，家計温足，何惜少金，不令轉災爲祥也？」炎滋怒不應。司户知兄志不可奪，惆悵辭歸弘農。

時河東侯初立則天爲皇后，專朝擅權，自謂有泰山之安，故不信周言，而却怒恨。及歲餘，天皇崩，天后漸親朝政，忌害大臣，嫌隙屢[五]搆。乃思周賢者語，即令人至弘農，召司户至都。炎餽具黄金，令求賢者禳之。司户即訪賢者於弘農諸山中[六]，盡不得。尋至南陽、襄陽、江陵山中，乃得之。告以兄言，賢者因與還弘農。謂司户曰：「往年禍害未成，故可壇場致請。今災祥[七]已搆，不久滅門，何求之有？且吾前月中至洛，見裴令被戮，繫其首於右足下。事已如此，且[八]無免勢，君勿更言。且[九]吾與司户相知日久，不可令君與兄同禍。可求百兩金，與君一房章醮請帝，可以得免。若言裴令，終無益也。」司户即市金與賢者，入弘農山中，設壇場，奏章請命。法事畢，仍藏金於山中。謂司户曰：「君一房免禍矣。然急去官，移家襄陽。」司户即還家襄陽，月餘而染[一〇]風疾。十月[一一]而裴令下獄極刑，兄弟子姪皆從。而司户風疾，在襄州，有司奏請誅之，天后曰：「既染風疾[一二]，死在旦夕，不須問，此一房特宜免死[一三]。」由是得免。

初，河東侯遇害之夕，而犬咬其首曳焉。及明，守者求得之。因以髮繫其首於右足下[一四]，竟如初言。（《太平廣記》卷七三《道術三》，出《紀聞》）

〔一〕呵怒　孫校本（作《紀聞》）「怒」作「叱」。按：呵怒，怒叱。《漢書》卷七六《王章傳》：「章疾病，無被，卧牛衣中，與妻決，涕泣。其妻呵怒之曰：『仲卿，京師尊貴在朝廷人誰踰仲卿者？今疾病困戹，不自激卬，乃反涕泣，何鄙也！』」

〔二〕知　明鈔本（作《紀聞》）、孫校本作「識」。

〔三〕愚輩　明鈔本、孫校本作「遇卒」。

〔四〕識非俗幻　明鈔本、孫校本作「誠非俗人」。

〔五〕屢　明鈔本、孫校本作「已」。

〔六〕令求賢者禳之司户即訪賢者於弘農諸山中　原作「令求賢者於弘農諸山中」，據孫校本補，「賢者」作「賢」。

〔七〕災祥　孫校本「祥」作「禍」。《四庫》本（作《紀聞》）改作「殃」。按：祥，亦有災義。《左傳》昭公十八年：「將有大祥，民震動，國幾亡。」杜預注：「祥，變異之氣。」《四庫》本底本爲談本，妄改也。

〔八〕且　孫校本作「必」。

〔九〕且　孫校本作「但」。按：且，但是，與「但」義同。

〔一〇〕染　明鈔本、孫校本作「遘」。遘，遇也。

〔一一〕十月　明鈔本、孫校本作「數月」。按：《舊唐書》卷六《則天皇后紀》：「（光宅元年）十月……殺内史裴炎。」又卷八七《裴炎傳》：「光宅元年十月，斬炎於都亭驛之前街。」作「十月」是也。

〔一二〕疾　孫校本作「瘵」。按：瘵，病也。北宋宋敏求《唐大詔令集》卷一一《天帝遺詔》：「久嬰風瘵，疚與年侵。」

〔一三〕免死　孫校本作「原之」。

〔一四〕繫其首於右足下　「首」明鈔本作「元」，元即首也。「右」原作「左」，與前文不合，據黄本、《四庫》本、《筆記小説大觀》本改。

紀聞卷二

李淳風

李淳風〔一〕嘗奏曰：「北斗七星當化爲人，明日至西市飲酒，宜令候取。」太宗從之，乃使人往候。有婆羅門僧七人，入自金光門，至西市酒肆。登樓，命取酒一石，持椀飲之。須臾酒盡，復添一石。使者登樓，宣敕曰：「今請師等至宮。」胡僧相顧而笑曰：「必李淳風小兒言我也。」因謂曰：「待窮此酒，與子偕行。」飲畢下樓。使者先下，回顧已失胡僧。因奏聞，太宗異焉。初僧飲酒，未入〔二〕其直，及收具，於座下得錢二千。（《太平廣記》卷七六《方士一》，出《紀聞》）

〔一〕李淳風　原作「又」，乃承上之語，今改。

〔二〕入　孫校本作「給」。按：入，繳納，付費。

按：《廣記》所引，末注「出《國史異纂》及《紀聞》」。《國史異纂》即劉餗《隋唐嘉話》，所引占日蝕及暴風二事，見卷中，分兩條。「又」以下則出《紀聞》。

杜生

先天中，許州杜生善卜筮，言走失、官禄[一]，皆驗如神。有亡奴者，造杜問之。生曰：「汝但尋驛路歸，道逢驛使有好鞭者，叩頭乞之。彼若不與，以情告云：『杜生教乞。』如是必得。」如其言，果遇驛使，以杜生語告乞鞭。其使異之曰：「鞭吾不惜，然無以撾馬。汝可道左折一枝[二]見代，予與汝鞭。」遂往折之[三]，乃見亡奴伏於樹下。擒之，問其故，奴曰：「適循道走，遥見郎，故潛于斯。」復有亡奴者見杜生，生曰：「歸取五百錢，於官道候之。見進鷂子使過，求買其一，必得奴矣。」如言候之。俄有鷂子使至，告以情，求市其一。使者異之，以副鷂子與焉。將[四]至手，鷂忽飛集于灌莽，乃往取，奴果伏在其下，遂執之。言人禄位，中者至多，兹不縷[五]述。（《太平廣記》卷七七《方士二》，出《紀聞》）

〔一〕言走失官禄　明鈔本、孫校本作「擒走失，言官禄」。
〔二〕枝　明鈔本、孫校本作「杖」。
〔三〕之　明鈔本、孫校本作「箠」。
〔四〕將　明鈔本、孫校本作「得」。
〔五〕縷　明鈔本、孫校本作「繼」。

稠禪師

北齊稠禪師，鄴人也。幼〔一〕落髮爲沙彌。時輩甚衆，每休暇，常角力騰趠爲戲，而禪師以劣弱見淩。紿侮毆擊者相繼，禪師羞之。乃入殿中閉户，抱金剛足而誓曰：「我以羸弱，爲等類輕侮〔二〕，爲辱已甚，不如死也。汝以力聞，當祐我。我捧汝足七日，不與我力，必死于此，無還志。」約既畢，因至心祈之。初一兩夕恒爾，念益固。至六日將曙，金剛形見，手執大鉢，滿中盛筋，謂稠曰：「小子欲力乎？」曰：「欲。」「念至乎？」曰：「至。」「能食筋乎？」曰：「不能。」神曰：「何故？」稠曰：「出家人斷肉故耳。」神因操鉢舉匕，以筋視〔三〕之。禪師未敢食，乃怖以金剛杵。稠懼，遂食，斯須食畢〔四〕。神曰：「汝已多力，然〔五〕善持教，勉旃！」神去且曉，乃還所居。諸同列問曰：「豎子頃何至？」稠不答。須臾，於堂中會食。食畢，諸同列又戲毆禪師〔六〕，禪師曰：「吾有力，恐不堪於汝。」同列試引其臂，筋骨彊勁，殆非人也。方驚疑，禪師曰：「吾爲汝試之〔七〕。」因入殿中，横蹋壁行，自西至東，凡數百步，又躍首至於梁數四。乃引重千鈞，其拳捷驍武，動駭物聽。先輕侮者，俯伏流汗，莫敢仰視。

禪師後證果，居於林慮山。入山數十〔八〕里，搆精廬殿堂，窮極土木〔九〕。諸僧從其〔一〇〕

禪者，常數千人。齊文宣帝怒其聚衆，因領驍勇〔一一〕數萬騎，躬自往討，將加白刃焉。禪師是日，領僧徒谷口迎候。文宣問曰：「師何遽此來？」稠曰：「陛下將殺貧道〔一二〕，恐山中血污伽藍，故至〔一三〕谷口受戮。」文宣大驚，降駕禮謁，請許其悔過，禪師亦無言。文宣命設饌。施畢，請曰：「聞師金剛處祈得力，今欲見師效少力，可乎？」稠曰：「昔力者人力耳，今爲陛下見神力，欲見之乎？」文宣曰：「請與同行寓目。」先是，禪師造寺，諸方施木數千根，臥在谷口。禪師呪之，諸木起立〔一四〕空中，自相搏擊，聲若雷霆，鬬觸摧折〔一五〕，繽紛如雨。文宣大懼，從官散走，文宣叩頭請止之。因敕禪師度人造寺，無得禁止。

後於并州營幢子，未成遘病。臨終歎曰：「夫生死者，人之大分，如來尚所未免。但功德未成，以此爲恨耳。死後願爲大力長者，繼成此功。」言終而化。至後三十年，隋帝過并州，見此寺，心中渙然記憶，有似舊修行處。頂禮恭敬，無所不爲。處分并州，大興營葺，其寺遂成。時人謂帝爲大力長者云。（《太平廣記》卷九一《異僧五》，出《紀聞》及《朝野僉載》，明鈔本作《紀聞》）

〔一〕幼　原作「初」，明鈔本、孫校本、《朝野僉載》作「幼」，義勝，據改。

〔二〕輕侮　「侮」原作「負」，明鈔本、孫校本、明馮夢龍《太平廣記鈔》卷一三、《朝野僉載》作「侮」。

按：輕負，輕視背棄。《韓詩外傳》卷九：「事君有功而輕負之，此二費也。」《唐摭言》卷八《友放》：「一第何門不可致，奈輕負至交？」作「侮」義勝，據改。下文作「輕侮」。

〔三〕視　明鈔本、孫校本、《朝野僉載》作「食」。

〔四〕食畢　原作「入口」，據明鈔本、孫校本、陳校本、《朝野僉載》改。

〔五〕然　明鈔本、孫校本作「乃」。

〔六〕禪師　此二字原無，據孫校本補。

〔七〕之　此字原無，據明鈔本、孫校本、《朝野僉載》補。

〔八〕十　原作「千」，據明鈔本、孫校本、《四庫》本、《朝野僉載》、明施顯卿《新編古今奇聞類紀》卷七《稠禪師》（引《紀聞》及《朝野僉載》）改。

〔九〕土木　《朝野僉載》作「壯大」。

〔一〇〕其　明鈔本、孫校本、《朝野僉載》作「而」。

〔一一〕勇　明鈔本、孫校本作「果」。

〔一二〕道　《朝野僉載》作「僧」。

〔一三〕至　明鈔本、孫校本作「此」。

〔一四〕起立　原作「起」，據明鈔本、孫校本、《朝野僉載》補「立」字。

〔一五〕折　原作「拆」，據孫校本、黄本、《四庫》本、《筆記小説大觀》本、《廣記鈔》、《朝野僉載》、《奇聞類紀》改。

按：此篇《廣記》談本注出《紀聞》及《朝野僉載》，明鈔本作出《紀聞》。明人輯《朝野僉載》，據《廣記》輯此篇於卷二。

徐敬業

則天朝，徐敬業揚州作亂，則天討之，軍敗而遁。敬業先〔一〕養一人，貌類於己，而寵遇之。及敬業敗，擒得所養者，斬其元，以爲敬業〔二〕。而敬業實隱大孤山，與同伴數十人，結廬〔三〕不通人事，乃削髮爲僧，其侶亦多削髮。天寶初，有老僧法名住括，年九十餘，與弟子至南岳衡山寺，訪諸僧而居之。月餘，忽集諸〔四〕僧徒，懺悔殺人罪咎。僧徒異之，老僧曰：「汝頗聞有徐敬業乎？則吾身也。吾兵敗，入於大孤山，精勤修道。今命將終，故來此寺，令世人知吾已證第四果矣。」因自言死期。果如期而卒，遂葬於衡山。（《太平廣記》卷九一《異僧五》，出《紀聞》）

〔一〕先　原作「竟」，據孫校本改。

〔二〕按：南宋王楙《野客叢書》卷一八《姚泓徐敬業》云：「《紀聞》所載甚詳，謂敬業擒所養似己者斬之，而敬業逃入山爲僧。」以斬所養者爲敬業，誤。

〔三〕結廬　明鈔本、孫校本作「廬鑿」。

〔四〕集諸　明鈔本作「集請」，孫校本作「請集」。

明達師

明達師者，不知其所自〔一〕。於閿鄉縣住萬迴故寺，往來過客，皆謁明達，以問休咎。明達不答，但見其旨趣而已。曾有人謁明達，問曰：「欲至京謁親，親安否？」明達授以竹杖。至京而親亡。又有謁達者，達取寺家馬，令乘之，使南北馳，馳訖勒去〔二〕。其人至京，授採訪判官，乘驛無所不至。又有謁達者，達以所持杖，畫地爲堆阜，以杖撞築地爲坑〔三〕。其人不曉。至京，背發腫，割之，血流殆死〔四〕。李林甫爲黄門侍郎，扈從西還，謁達，加秤於其肩，至京而作相。李雍門爲湖城令，達忽請其小馬，雍門不與。間一日，乘馬將出，馬忽庭中人立，雍門墜馬而〔五〕死。如此頗衆。達又常〔六〕當寺門北望，言曰：「此川中兵馬何多！」又長歎曰：「此中觸處，總是軍隊。」及後哥舒翰擁兵潼關，拒逆胡〔七〕，關下閿鄉，盡爲戰場矣。（《太平廣記》卷九二《異僧六》，出《紀聞録》，明鈔本、孫校本作《紀聞》）

〔一〕自　明鈔本、孫校本無此字。明成祖御制《神僧傳》卷七《明達》作「來」。
〔二〕使南北馳馳訖勒去　原作「使南北馳驟而去」，據明鈔本、孫校本及《神僧傳》改。
〔三〕以杖撞築地爲坑　《神僧傳》作「以杖撞築之，地因坑臼」。

〔四〕殆死　《神僧傳》作「迨地」。
〔五〕而　此字原無，據明鈔本、孫校本、《神僧傳》補。
〔六〕常　明鈔本、孫校本、《神僧傳》作「嘗」。常，通「嘗」。
〔七〕逆胡　《四庫》本避諱改作「禄山」。

儀光禪師

長安青龍寺儀光禪師，本唐室之族也。父瑯琊王，與越王起兵伐天后〔一〕，不克而死。天后誅其族無遺，惟禪師方在襁褓，乳母抱而逃之。其後數歲，天后聞瑯琊王有子在人間，購之愈急。乳母將至岐州界中，鬻女工以自給。時禪師年已八歲矣，聰慧〔二〕出類，狀貌不凡。乳母恐以貌取而敗，大憂之。乃求錢爲造衣服，又置錢二百於腰下，於桑野中，具告以其本末。泣而謂曰：「吾養汝已八年矣，亡命無所不至。今汝已長，而天后之敕訪不止，恐事洩之後，汝與吾俱死。今汝聰穎過人，可以自立，吾亦從此逝矣。」乳母因與流涕而訣，禪師亦號慟不自勝，方知其所出。

乳母既去，師莫知其所之。乃行至逆旅，與諸兒戲。有郡守夫人者，之夫任處，方息於逆旅。見禪師與諸兒戲，狀貌異於人，因憐之，召而謂曰：「郎家何在？而獨行在此耶？」師僞答曰：「莊鄰〔三〕於此，有時而戲。」夫人食之，又賜錢五百。師雖幼而有識，恐人取其錢，乃盡解衣，置之於腰下。時日已晚，乃尋小逕，將投村野。遇一老僧獨行，而呼師曰：「小子，汝今一身，家已破滅，將何所適？」禪師驚愕佇立。老僧又曰：「出家閒曠，且無憂畏。小子，汝欲之乎？」師曰：「是〔四〕所願也。」老僧因携其手，至桑陰下，令禮十方諸佛已，因削其髮。又解衣裝，出袈裟，令服之，大小稱其體。因教其披著之法。禪師既披法服，執持收掩，有如舊僧焉。老僧喜曰：「此習性使之然。」其僧將行，因指東北曰：「去此數里有伽藍，汝直詣彼，謁寺主，云我使爾爲其弟子也。」言畢，老僧已亡矣，方知是聖像也。師如言趣寺，寺主駭其所以，因留之。向十年，禪師已洞曉經律，定於禪寂。

遇唐室中興，求瑯琊王後，師方謂寺僧言之。寺僧大駭，因出詣岐州李使君，師從父也。見之悲喜，因舍之於家。欲以狀聞，師固請不可。使君有女，年與禪師侔。見禪師悦之，願致欵曲，師不許。月餘，會使君、夫人出。女盛服，多將使者〔五〕來逼之。師固拒萬端，終不肯。師紿曰：「身不潔浄，沐浴待命。」女許諾，方令沐湯〔六〕。師候女出，因之〔七〕噤門。女還排户，不果入。自牖窺之，師方持削髮刀，顧而言曰：「以有此根，故爲慾逼。今既除此，何逼之爲！」女懼，止之不可。遂斷其根，棄於地，而師亦氣絶。户既閉，不可開，女惶惑不知所出。俄而〔八〕府君、夫人到，女言其情。使君令破户，師已復蘇。命良醫至，以火燒地，既赤，苦酒沃之，坐師於燃地，傅以膏。數月瘡〔九〕愈。

使君奏禪師是瑯琊王子，有敕，命驛置至京。引見慰問，賞賜優給，復以爲王。禪師曰：「父母非命，鄙身殘毁，今還俗爲王，不願也。」中宗降敕，令禪師廣領徒衆，尋山置蘭若，恣聽之。禪師性好終南山，因居于興法寺。又於諸谷口〔一〇〕，造禪菴蘭若凡數處。或入山數十里，從者僧俗常數千人。迎候瞻侍，甚於卿相。禪師既證道果，常先言將來事，是以人益〔一一〕歸之。開元二十三年六月二十三日，無疾而終。先告弟子以修身護戒之事，言甚切至。因卧，頭指北方，足指南方，以手承頭，右脇在下，遂亡。遺命葬於少陵原之南面，鑿原爲室而封之。柩將發，異香芬馥，狀貌一如生焉。車出城門，忽有白鶴數百，鳴舞於空中，五色彩雲，徘徊覆車，而行數十里。所封之處，遂建天寶寺，弟子輩〔一二〕留而守之。

（《太平廣記》卷九四《異僧八》，出《紀聞》）

〔一〕天后　明鈔本、孫校本作「則天」。

〔二〕慧　孫校本作「惠」。惠，通「慧」。

〔三〕鄰　原作「臨」，據明鈔本、孫校本、陳校本改。

〔四〕是　明鈔本、孫校本、陳校本作「實」。

〔五〕使者　明鈔本、孫校本作「從者」。按：使者，主人所使喚之奴婢。《禮記·投壺》：「樂人及使者、童子，皆屬主黨。」鄭玄注：「使者，主人所使。」

〔六〕沐湯　明鈔本、孫校本作「湯沐」。按：沐湯、湯沐義同。《太平御覽》卷三九五引《韓子》：「僖侯將沐湯，中有礫。」

〔七〕之　孫校本無此字。

〔八〕俄而　孫校本下有「值」字。

〔九〕瘡　原作「疾」，據明鈔本、孫校本、陳校本改。按：瘡，同「創」。

〔一〇〕口　孫校本作「中」。

〔一一〕益　孫校本作「盡」。益，愈加。

〔一二〕輩　明鈔本、孫校本作「皆」。

法將

長安有講《涅槃經》僧，曰法將，聰明多識，既〔一〕聲名籍甚。所在日講〔二〕，僧徒歸之如市。法將僧〔三〕到襄陽，襄陽有客僧，不持僧法，飲酒食肉，體貌至肥，所與交，不擇人，僧徒鄙之。見法將至，衆僧迎而重之，居處精華，盡心接待。客僧忽持斗酒及一蒸㹠來造法將，法將方與道俗正開義理，共志心聽之。客僧逕持酒殽謂法將曰：「講説勞苦，且止説經，與我共此酒肉〔四〕。」法將〔五〕驚懼，但爲推讓。客僧因坐户下，以手擘㹠，裹而飡之，以瓢舉酒，滿而飲之〔六〕。斯須酒肉皆盡，因登其牀且寢。既夕，講經僧方誦《涅槃經》，醉僧起，曰：「善哉妙誦！然我亦嘗誦之。」因取少草，布西牆下，露坐草中，因講〔七〕《涅槃經》，言詞明白，落落可聽，講僧因輟誦聽之。每至義理深微，常不能解處，聞醉僧誦過經〔八〕，心自開解。比天方曙，遂終《涅槃經》四十卷〔九〕。法將生平所疑，一朝散釋都盡。法將方慶希有，布座禮之，比及舉頭，醉僧已滅。諸處尋訪，不知所之。（《太平廣記》卷九四《異僧八》，出《紀聞》）

〔一〕既　此字原無，據明鈔本、孫校本、朝鮮成任編《太平廣記詳節》卷八補。既，已也。

〔二〕日講　明鈔本、孫校本作「講日」。《詳節》作「講説」。

〔三〕僧　《詳節》作「曾」。

〔四〕酒肉　明鈔本、孫校本、陳校本作「食之」。

〔五〕法將　《詳節》作「講僧」。

〔六〕以瓢舉酒滿而飲之　原作「舉酒滿引而飲之」，據《詳節》改。

〔七〕講　明鈔本、孫校本、陳校本、《詳節》作「誦」。

〔八〕經　《詳節》無此字。

〔九〕涅槃經四十卷　孫校本、《詳節》作「四十卷經」。

洪昉禪師

陝州洪昉，本京兆人。幼而出家，遂證道果。志在禪寂，而亦以講經爲事，門人常數百。一日，昉夜初獨坐，有四人來前曰：「鬼王閻羅〔一〕，今爲小女疾止造齋，請師臨赴。」昉曰：「吾人汝鬼，何以能至？」四人曰：「闍梨〔二〕但行，弟子能致之。」昉從之。四人乘馬，人持繩牀一足，遂北行。可數百里，至一山，山腹有小朱門。四人請昉閉目，未食頃，人曰：「開之〔三〕。」已到王庭矣。其宮闕室屋，崇峻非常，侍衛嚴飾，頗侔人主。鬼王具冠衣，降階迎禮。王曰：「小女久〔四〕疾，今幸而痊，欲造小〔五〕福，修一齋，是以請師臨顧。齋畢，自令侍送，無慮。」於是請入宮中，其齋場嚴飾華麗，僧且萬人。佛像至多，一如人間事。昉仰視空中，不見白日，如人間重陰狀。須臾，王夫人後宮數百人，皆出禮謁。王女年十四五，貌獨病色。昉爲贊禮願畢，見諸人持千〔六〕餘牙盤食到，以次布於僧前。坐昉於大牀，别置名饌，饌甚香潔。昉且欲食之，鬼王白曰：「師若常〔七〕住此，當飡鬼食。不敢留師，請不食。」昉懼而止。齋畢，餘食猶〔八〕數百盤。昉見侍衛臣吏向千人，皆有欲食之色。昉請王賜之餘食，王曰：「促持去，賜之。」諸官拜謝，相顧喜笑，口開達於兩耳。王因跪曰：「師既惠顧，無他供養，有絹五百疋奉師，請〔九〕爲受八關齋戒。」師曰：「鬼絹，紙也，吾不用之。」王曰：「自有人絹奉師。」因爲受八關齋戒。戒畢，王又令前四人者依前送之。昉忽開目，已到所居，天猶未曙，門人但爲入禪，不覺所適。昉忽開目，命火照牀前，五百絹〔一〇〕在焉。弟子問之，乃言其故。

昉既禪行素高，聲價日盛。頃到鬼所，但神往耳，其形不動。未幾晨坐，有二〔一一〕天人，其質殊麗，拜謁請曰：「南天王提頭賴吒，請師至天供養。」昉許之。因敷天衣坐昉，二人執衣，舉而騰空，斯須已到。南天王領侍從，曲躬禮拜曰：「師道行高遠，諸天願覲師講誦，是以輒請師。」因置高座坐昉。其道場崇麗，殆非人間，過百千倍。天人皆長大，身有光明。其殿堂樹木，皆是七寶，盡有光彩，奪人目睛。昉初到天，形質猶人也。見天王〔一二〕之後，身自長大，與天人等。設諸珍饌，皆自然味，甘美非常。食畢，王因請入宮。更設供具，談話款至。其侍衛天官兼鬼神甚衆。後忽言曰：「弟子欲至三十三天議事，請師且少留。」又戒左右曰：「師欲游觀，所在聽之，但莫使到後園。」再三言而去。

去後，昉念曰：「後園有何不〔一三〕利，而不欲吾到之？」伺無人之際，竊至後園。其園甚大，泉流池沼，樹林花藥，處處皆有，非人間所見〔一四〕。漸漸深入，遥聞大聲呻叫〔一五〕，不可忍聽。遂到其旁，見大銅柱，徑數百尺，高千丈，柱有穿孔，左右傍達。或有銀〔一六〕鐺鏁其項，或穿其胷骨者，至有數萬頭，皆夜叉也。鋸牙鉤爪，身倍於天人。見禪師至，叩頭言飢〔一七〕，曰：「我以食人故，爲天王所鏁，今乞免我。我若得脱，但人間求他食，必不敢食人爲害。」爲飢渴所逼，發此言時，口中火出。問其鏁早晚，或云毗婆尸佛〔一八〕出世時，動則數千萬年。亦有三五輩老者，志誠懇〔一九〕，僧許解其縛而遽還。

斯須王至，先問：「師頗遊後園乎？」左右曰：「否〔二〇〕。」王乃喜。坐定，昉曰：「適到後園，見鏁衆生數萬。彼何過乎？」王憮然〔二一〕曰：「師果遊後園。然小慈是大慈之賊，師不須問。」昉又固問，王曰：「此諸惡鬼，常害於人，唯食人肉。非諸天防護，世人已爲此鬼食盡。此皆大惡鬼，不可以禮〔二二〕待，故鏁之。」昉曰：「適見三五輩老者，發言頗誠。言但於人間求他食，請免之。若此曹不食人，餘者亦可舍也。」王曰：「此鬼言，不〔二三〕可信。」昉固請。王目左右，命解老者三五人來。俄而解至，叩頭言曰：「蒙恩釋放，年已老矣，今得去，必不敢擾人。」王曰：「以禪師故，放汝到人間。若更食人，此度重來，當令若〔二四〕死。」皆曰：「不敢。」於是釋去。未久，忽見王庭前有神至，自稱山嶽川瀆之神。被甲，面金色，奔波而言曰：「不知何處，忽有四五夜叉到人間，殺人食肉〔二五〕甚衆，不可制，故白之。」王謂昉曰：「弟子言何如？適語師，小慈是大慈之賊。此等惡鬼，言寧可保〔二六〕？」王語諸神曰：「促擒之！」俄而諸神執夜叉到，王怒曰〔二七〕：「何違所請？」命斬其手足，以鐵鏁貫胸〔二八〕，曳去而鏁之。昉乃請還，又令前二人送至寺。寺已失昉二七日〔二九〕，而在天猶如少頃。

昉於陝城中，選空曠地造龍光寺。又建病坊，常養病者數百人。寺極崇麗，遠近道俗，歸者如雲。則爲釋提桓因〔三〇〕所請矣。昉晨方漱，有夜叉至其前，左肩頭負五色毯而言曰：「釋迦天王〔三一〕請師講《大涅槃經》。」昉默然還座。夜叉遂挈〔三二〕繩牀，置於左髆，曰：「請師合目。」因舉其左手，而伸其右足。曰：「請師開目。」視之，已到善法堂。禪師既到天堂，天光眩目，開不能得。天帝曰：「師念彌勒佛。」昉遽念之，於是目開不眩。而人身卑小，仰視天形，不見其際。天帝又曰：「禪師又念彌勒佛，身形當大。」如言念之，三念而身三長，遂與天等。天帝與諸天禮敬，言曰：「弟子聞師善講《大涅槃經》，爲日久矣。今諸天欽仰，敬設道場，因〔三三〕請大師講經聽受。」昉曰：「此事〔三四〕誠不爲勞，然病坊之中，病者數百，恃〔三五〕昉爲命，常行乞以給之。今若流連講經〔三六〕，人間動涉年月〔三七〕，恐病人餒死，今也固辭。」天帝曰：「道場已成，斯願已久，固〔三八〕請大師勿爲辭也。」昉不可。忽空中有大天人，身又數倍於釋〔三九〕，天帝敬起迎之。大天人言曰：「大梵天王有敕。」天人既去〔四〇〕，天帝憮然曰：「本欲留師講經，今梵天有敕不許。然師已至，豈不能暫開經卷，少講經〔四一〕旨，令天人信受？」昉許之。於是置食，食器皆七寶。飲食香美，精妙倍常。禪師食已，身諸毛孔，皆出異光，毛孔之中，盡能觀見諸物，方悟天身勝妙〔四二〕也。既食，設金高座〔四三〕，敷以天衣，昉遂登座。其善法堂中，諸天數百千萬，兼四天王，各領徒衆，同會聽法。階下左右，則有龍王、夜叉、諸鬼、神人〔四四〕、非人等，皆合掌而聽。昉因開《涅槃經》首，講一紙餘。言辭典暢，備宣宗旨。天帝大稱贊功德。開經畢，又令前夜叉送至本寺。弟子失昉已二十七日矣。

按佛經，善法堂在歡喜園，天帝都會，天王之正殿也。其堂七寶所作，四壁皆白銀。階下泉池交注，流渠暎帶，其渠水〔四五〕皆與樹行相直。寶樹花果，亦皆奇異。所有物類，皆非世人所識。昉略言其梗槩：階下寶樹，行必相直，每根木裏〔四六〕，必有一泉，夤緣枝間，自葉流下，水如乳色，味佳於乳，下注樹根，灑入渠中。諸天人飲〔四七〕樹本中泉，其溜下者，衆鳥同飲。以黄金爲地，地生軟草，其軟如綿。天人足履之，没至足，舉後其地自平。其鳥數百千，色名無定相，入七寶林，即同其樹色。其天中物皆自然化生。若念食時，七寶器盛食即至；若念衣時，寶衣亦至。無日月光，一天人身光，踰於日月。須至遠處，飛空而行，如念即到。昉既覩奇〔四八〕異，備言其見。乃請畫圖爲屏風，凡二十四扇，觀者驚駭〔四九〕。昉初到寺，毛孔之中，盡能見物。既而弟子進食，食訖，毛孔皆閉如初。乃知人食天食，精粗之分如此〔五〇〕。

昉既盡出天中之相，人以爲妖。時則天在位，爲人告之，則天命取其屏，兼徵昉。昉既至，則天問之，而不罪也。留昉宮中，則天手自造食，大申供養。留數月，則天謂昉曰：「禪師遂無一言教弟子乎？」昉不得已，言曰：「貧道唯願陛下無多殺戮，大損果報。」其言唯此。則天信受之，因賜墨敕：昉所行之處，修造功德，無得遏止。昉年過下壽，如入禪定，遂卒於陝中焉。（《太平廣記》卷九五《異僧九》，出《紀聞》）

〔一〕閻羅　此二字原無，據明鈔本、孫校本、《神僧傳》卷六《洪昉》補。
〔二〕闍梨　明鈔本、孫校本、《太平廣記鈔》卷一四、《神僧傳》《大正新脩大藏經》本作「闍黎」。《神僧傳》明永樂十五年内府刻本作「梨」。按：闍梨、闍黎，梵語「阿闍梨」之省稱，意謂高僧，亦泛指僧。
〔三〕之　孫校本作「目」。
〔四〕久　陳校本作「有」。
〔五〕小　《神僧傳》作「少」。
〔六〕千　孫校本作「十」。按：下文云「餘食猶數百盤」，當作「千」。
〔七〕常　孫校本作「長」。
〔八〕猶　明鈔本、孫校本作「有」。
〔九〕請　明鈔本、孫校本下有「師」字。
〔一〇〕絹　《神僧傳》作「縑」。

〔一二〕二　原作「一」，據孫校本、《神僧傳》改。按：下文作「二」。

〔一三〕天王　孫校本作「天人」。按：前文已云南天王禮拜洪昉禪師。

〔一三〕不利　「不」字原無，據明鈔本、孫校本、《神僧傳》補。明吴大震《廣豔異編》卷三五夜叉部《洪昉禪師》無「不利」二字。

〔一四〕見　明鈔本、孫校本、《神僧傳》作「識」。

〔一五〕大聲呻叫　孫校本「呻叫」作「叫呻」。《神僧傳》作「大呻叫聲」。

〔一六〕銀　《四庫》本改作「鋃」。

〔一七〕飢　此字原無，據孫校本、《神僧傳》補。

〔一八〕毗婆尸佛　原作「毗婆師尸佛」，《神僧傳》作「毗婆尸佛」。按：毗婆尸佛乃佛經過去七佛之一。《佛説長阿含經》卷一：「佛告諸比丘，過去九十一劫，時世有佛名毗婆尸如來，至真，出現於世。」佛經未有作「毗婆師尸」者，「師」字蓋涉「尸」而衍，據《神僧傳》删。

〔一九〕志誠懇　《神僧傳》作「言誠志懇」。

〔二〇〕否　明鈔本、孫校本、《神僧傳》作「無」。

〔二一〕憮然　此二字原無，據孫校本、《神僧傳》補。明鈔本作「撫然」，「撫」通「憮」。

〔二二〕禮　明鈔本、孫校本、陳校本、《神僧傳》作「理」。

〔二三〕不　明鈔本、孫校本、《神僧傳》作「何」。

〔二四〕若　《神僧傳》大正本作「苦」，内府刻本作「若」。
〔二五〕肉　此字原無，據《神僧傳》補。
〔二六〕此等惡鬼言寧可保　《神僧傳》作「此惡鬼言，寧可保任」。
〔二七〕曰　此字原無，據明鈔本、孫校本、《神僧傳》補。
〔二八〕胸　原作「腦」，據明鈔本、孫校本、《神僧傳》改。
〔二九〕二七日　下文云「弟子失昉已二十七日矣」，此處省略「十」字。
〔三〇〕釋提桓因　原作「釋提栢國」，據明鈔本、《四庫》本、《神僧傳》改。按：釋提桓因，天名，梵名爲釋迦提桓因陀羅。釋迦，天帝之姓，譯爲能；提桓，天；因陀羅，帝。合稱即能天帝，漢譯作帝釋。是忉利天之主，居須彌山之頂喜見城（亦稱善見城），統領其他三十二天（忉利天譯爲三十三天）。
〔三一〕釋迦天王　汪校本據許本改「釋迦」作「帝釋」。按：諸本俱作「釋迦」，釋迦天王即帝釋，無須校改，今回改。
〔三二〕挈　孫校本作「結」，《神僧傳》作「搩」。搩，抱，持。
〔三三〕因　原作「固」，據明鈔本、孫校本、陳校本、《神僧傳》改。
〔三四〕此事　明鈔本、孫校本、《神僧傳》作「講經之事」。
〔三五〕恃　原作「待」，據明鈔本、孫校本、《神僧傳》改。
〔三六〕流連講經　「流」明鈔本、陳校本、《神僧傳》作「留」。流連、留連義同，滯留也。「講」明鈔本、孫校本作「誦」。

〔三七〕月　明鈔本、《神僧傳》作「歲」。

〔三八〕固　明鈔本、孫校本、陳校本、《神僧傳》作「因」。

〔三九〕釋　明鈔本、孫校本、《神僧傳》作「天」。

〔四〇〕天人既去　此句原無，據明鈔本、孫校本、陳校本、《神僧傳》補。

〔四一〕經　明鈔本、孫校本、陳校本、《神僧傳》作「宗」。

〔四二〕勝妙　「勝」原作「騰」，據《神僧傳》改。孫校本無「騰」字。

〔四三〕既食設金高座　原作「既登高座」，據《神僧傳》改。明鈔本、孫校本作「既坐，設會高座」。

〔四四〕神人　原作「神」，據孫校本、《神僧傳》補「人」字。

〔四五〕渠水　原作「果木」，據明鈔本、孫校本、陳校本改。

〔四六〕每根木裹　原譌作「每相表裏」，據孫校本改。明鈔本作「每樹本裏」，樹本即樹根。

〔四七〕飲　明鈔本、孫校本作「欲飲」。

〔四八〕奇　原作「其」，據明鈔本、孫校本及《王荆公詩箋註》卷三《贈李士雲》李壁注引《洪昉禪師傳》改。

〔四九〕驚駭　明鈔本、孫校本下有「視聽」二字。《王荆公詩箋註》無此二字。

〔五〇〕之分如此　明鈔本作「之於此」，孫校本作「至於此」。

紀聞卷三

僧伽大師

僧伽大師，西域人也，俗姓何氏。龍朔初，來遊北〔一〕土，隸名於楚州龍興寺。後於泗州臨淮縣信義坊乞地施〔二〕標，將建伽藍。於其標下，掘得古香積寺銘記，并金像一軀，上有「普照王佛」字，遂建寺焉。景龍二年，中宗皇帝遣使迎師，入内道場，尊爲國師。尋出居薦福寺。常獨處一室，而其頂有一穴，恒以絮塞〔三〕之。夜則去絮，香從頂穴中出，煙氣滿房，非常芬馥。及曉，香還入頂穴中，又以絮塞之。師常濯足，人取其水飲之，痼疾皆愈。

一日，中宗於〔四〕内殿語師曰：「京畿無雨，已是數月〔五〕，願師慈悲，解朕憂迫。」師乃將瓶水泛洒，俄頃陰雲驟起，甘雨大降。中宗大喜，詔賜所修寺額，以臨淮寺爲名。師請以普照王寺〔六〕爲名，蓋欲依金像上字也。中宗以「照」字是天后廟諱，乃改爲普光王寺，仍御筆親書其額，以賜焉。至景龍四年三月二日，於長安薦福寺端坐而終。中宗即令於薦福寺起塔，漆身供養。俄而大風欻起，臭氣徧滿於長安。中宗問曰：「是何祥也？」近臣奏曰：「僧伽大師化緣在臨淮，恐是欲歸彼處，故現此變也。」中宗默然心許，其臭頓息，頃刻之間，奇香郁烈。即以其年五月，送至臨淮，起塔供養，即今塔是也。

後中宗問萬迴師曰：「僧伽大師何人耶？」萬迴曰：「是觀音化身也。如《法華經·普門品》云：『應以比丘、比丘尼等身得度者，即皆見〔七〕之，而爲説法。』此即是也。」先是，師初至長安，萬迴禮謁甚恭，師拍其首〔八〕曰：「小子，何故久留？可以行矣。」及師遷化後，不數月，萬迴亦卒。

師平生化現事跡甚多，具在本傳，此聊記其始終矣。（《太平廣記》卷九六《異僧十》，出本傳及《紀聞録》）

〔一〕北　《神僧傳》卷七《僧伽》作「此」。

〔二〕施　《四部叢刊初編》景印明郭氏濟美堂刊本《分類補註李太白詩》卷七《僧伽歌》楊齊賢註引《紀聞録》作「拖」，誤，《四庫》本作「樹」。

〔三〕塞　孫校本、《分類補註李太白詩》註、《神僧傳》永樂内府刻本作「窒」（大正本作「塞」）。下同。

〔四〕於　孫校本作「入」。

〔五〕月　明鈔本、孫校本作「日」。

〔六〕寺　原作「字」，據明鈔本、陳校本、《神僧傳》改。

〔七〕見　明鈔本、孫校本、《神僧傳》作「現」。見，同「現」。

〔八〕首　明鈔本、孫校本作「手」

按：《廣記》注「出本傳及《紀聞録》」，孫校本「本傳」作「僧伽本傳」。末云：「師平生化現事跡甚多，具在本傳，此聊記其始終矣。」知此爲《紀聞》文。《僧伽傳》不曉何人作。北宋贊寧《宋高僧傳》卷一八有《唐泗州普光王寺僧伽傳》。

和和

代國公主〔一〕適滎陽鄭萬鈞，數年無子。時有僧和和者，如狂如愚，衆號爲聖，言事多中。住大安寺〔二〕，修營殿閣。和和常至公主家，萬鈞請曰：「吾無嗣，願得一子，惟師降恩，可得乎？」師曰：「遺我三千疋絹，主當誕兩男。」鈞如言施之。和和取絹付寺，云修功德。乃謂鈞曰：「主有娠矣。吾令二天人，下爲公主作兒。」又曰：「公主腹小，能併娠二男乎？吾當使同年而前後耳。」公主遂娠。年初、歲終，各誕一子，長曰潛耀，少曰晦明，皆美丈夫，博通有識焉。（《太平廣記》卷九七《異僧十一》，出《紀聞録》）

〔一〕代國公主　《宋高僧傳》卷一九《唐京師大安國寺和和傳》作「越國公主」。按：《新唐書》卷八三《諸帝公主傳》："代國公主名華，字華婉，劉皇后所生，下嫁鄭萬鈞。"作"越國"誤。

〔三〕大安寺 《宋高僧傳》作"安國寺"。按：大安寺即大安國寺，在長安通濟坊，見《唐兩京城坊考》卷三。

長樂村聖僧

開元二十二年，京城東長樂村有人家，素敬佛教，常給僧食。忽於途中得一僧座具，既無所歸，至家則寶之。後因設齋，以爲聖僧座。齋畢衆散，忽有一僧扣門請飡，主人曰："師何由知弟子造齋，而來此也？"僧曰："適到滻水，見一老師〔一〕坐水濱，洗一座具，口仍怒曰：'請我過齋，施錢半於衆僧，汙我座具，苦老身自浣之。'吾前禮謁，老僧不止。因問之曰：'老闍梨何處齋來？何爲自澣？'僧具言其由，兼示其家所在，故吾此來。"主人大驚，延僧進户。先是聖僧座，座上有羹汁翻汙處。主人乃告僧曰："吾家貧，卒辦此齋，施錢少，故衆僧皆〔二〕三十，佛與聖僧各半之。不意聖僧親臨，而又汙其座具。愚戇盲冥，心既差別，又不謹慎於進退，皆是吾之過也。"（《太平廣記》卷一〇〇《釋證二》，出《紀聞》）

〔一〕師 《四庫》本、《筆記小説大觀》本作"僧"。

〔二〕皆　明鈔本、孫校本作「皆散」。散，分發。

屈突仲任

同官令虞咸，頗知名。開元二十三年春往温縣，道左有小草堂，有人居其中，刺臂血朱和，用寫一切經。其人年且六十，色黄而羸瘠，而書經已數百卷。人有訪者，必丐〔一〕焉。或問〔二〕其所從，亦有助焉。其人曰：「吾姓屈突氏，名仲任。即仲將、季將兄弟也。父亦典郡，莊在温，唯有仲任一子。憐念其少，恣其所爲。性不好書，唯以樗蒱弋獵爲事。父卒時，家僮數十人，資數百萬，莊第甚衆。而仲任縱賞好色，荒飲博戲，賣易且盡。數年後，唯温縣莊存焉。即貨易田疇，拆賣屋宇，又已盡矣，唯莊内一堂巋然。僕妾皆盡，家貧無計，乃於堂内掘地，埋數甕，貯牛馬等肉。仲任多力，有僮名莫賀咄，亦力敵十夫。每昏後，與僮行盜牛馬，盜處必五十里外。遇牛即執其兩角，翻負於背。遇馬驢皆繩束〔三〕其頸，亦翻負之。至家投於地，皆死，乃剥〔四〕之。皮骨納之堂後大坑，或焚之，肉則貯於地甕。晝日，令僮於城市貨之，易米而食。如此者又十餘年。以其盜處遠，故無人疑者。仲任性好殺，所居弓箭羅網叉彈滿屋焉，殺害飛走，不可勝數。目之所見，無得全者。乃至得刺蝟，亦以泥裹而燒之。且熟，除去其泥，而蝟皮與刺，皆隨泥而脱矣，則取肉而食之。

其所殘酷，皆此類也。

「後莫賀咄病死，月餘，仲任暴卒，而心下煖。其乳母老矣，猶在，守之未瘞。而仲任復蘇，言曰：初見捕去，與奴對事。至一大院，廳事十餘間，有判官六人，每人據二間。仲任所對最西頭，判官不在，立仲任於堂下。有頃，判官至，乃其姑夫鄆州司馬張安也。見仲任驚，而引之登階，謂曰：『郎在世爲惡無比〔五〕，其所殺害千萬頭。今忽此來，何方相拔！』仲任大懼，叩頭哀祈。判官曰：『待與諸判官議之。』乃謂諸判官曰：『僕之妻姪屈突仲任，造罪無數，今召入對事。其人年命亦未盡，欲放之去，恐被殺者不肯。欲開一路放生〔六〕，可乎？』諸官曰：『召明法者問之。』則有明法者來，碧衣跼蹐。判官問曰：『欲出一罪人，有路乎？』因以具告。明法者曰：『唯有一路可出，然得殺者肯。若不肯，亦無益。』官曰：『若何？』明法者曰：『此諸物類，爲仲任所殺，皆償其身命，然後託生。合召出來，當誘之曰：「屈突仲任今到，汝食噉畢，即託生。羊更爲羊，馬亦爲馬，汝餘業未盡，還受畜生身。使仲任爲人，還依舊食汝。汝之業報，無窮已也。今令仲任略還，令爲汝追福，使汝各捨畜生業，俱得人身，更不爲人殺害，豈不佳哉？」諸畜聞得人身必喜，如此乃可放。若不肯，更無餘路。』

「乃鏁仲任於廳事前房中，召仲任所殺生類到。判官庭中，地可百畝，仲任所殺生命，填塞皆滿。牛馬驢騾猪羊麞鹿雉兔，乃至刺蝟飛鳥，凡數萬頭。皆曰：『召我何爲？』判官曰：『仲任已到。』物類皆咆哮大怒，騰振蹴踏之而言曰：『巨盜，盍還吾債！』方忿怒時，諸猪羊身長大，與馬牛比，牛馬亦大倍於常。判官乃使明法入曉諭，畜聞得人身，皆喜，形復如故。於是盡驅入諸畜，乃出仲任。有獄卒二人，手執皮袋兼秘木至，則納仲任於袋中，以木秘之。仲任身血，皆於袋諸孔中流出灑地〔七〕，遂遍流廳前。須臾，血深至階，可有三尺。然後兼袋投仲任房中，又扃鎖之。乃召諸畜等，皆怒曰：『逆賊殺我身，今飲汝血。』於是兼飛鳥等，盡食其血。血既盡，皆共舐之，庭中土見乃止。當飲血時，畜生盛怒，身皆長大數倍，仍罵不止。既食已，明法又告：『汝已得債，今放屈突仲任歸，令爲汝追福，令汝爲人身也。』諸畜皆喜，各復本形而去。判官然後令袋内出仲任，身則如故。判官謂曰：『既見報應，努力修福。若刺血寫一切經，此罪當盡。不然更來，永無相出望。』仲任蘇，乃堅行其志焉。」（《太平廣記》卷一〇〇《釋證二》，出《紀聞》）

〔一〕丐　明鈔本作「與」。丐，與也。

〔二〕或問　明鈔本、陳校本作「咸時問」。

〔三〕東　原作「蓄」，據《四庫》本及《太平廣記鈔》卷一五改。孫校本作「遇馬即皆繩束其頸」，亦作「束」。

〔四〕剥　原作「皮剥」，據《四庫》本及《廣記鈔》删「皮」字。
〔五〕無比　孫校本作「世無有比」。
〔六〕生　明鈔本、孫校本作「歸」。
〔七〕仲任身血皆於袋諸孔中流出灑地　此句下原有「卒秘木以仲任血」，疑爲衍文，據孫校本、《廣記鈔》删。

菩提寺猪

開元十八年，京菩提寺有長生猪，體柔〔一〕肥碩。在寺十餘年，其歲猪死，僧焚之〔二〕。火既燼，灰中得舍利百餘粒。（《太平廣記》卷一〇〇《釋證二》，出《紀聞》）

〔一〕柔　明鈔本、孫校本作「至」。
〔二〕僧焚之　明鈔本、孫校本作「寺僧因焚之」。

李思元

天寶五載夏五月中，左清道率府府史李思元暴卒。卒後心煖，家不敢殯。積二十一日，夜中而蘇〔一〕，纔蘇即言曰：「大〔二〕有人相送來，且〔三〕作三十人供。」又曰：「要萬貫錢，與送來人。」思元父爲署令，其家頗富，因命具饌，且鑿紙爲錢。饌熟，令堂前布三十僧供。思元白曰：「蒙恩相送，薄饌單蔬，不足以辱大德。」須臾，若食畢，因令焚五千張紙錢於庭中。又令具二人食，置酒肉。思元向席曰：「蒙恩釋放，但懷厚惠。」又令焚五千張紙錢，畢，然後偃卧。

至天曉，漸平和，乃言曰：「被捕至一處，官不在，有兩吏存焉。一曰馮江静，一曰李海朝，與思元同召者三人。兩吏曰：『能遺我錢五百萬，當舍汝。』二人不對，思元獨許之，吏喜。俄官至，謂三人曰：『要使典二人，三人内辦之。』官因領思元等至王所，城門數重，防衛甚備。見王居有高樓十間，當王所居三間高大，盡垂簾。思元至，未進，見有一人，金章紫綬，形狀甚貴。令投刺謁王，王召見〔四〕，思元隨而進至樓下。王命却簾，召貴人登樓。貴人自階陛方登，王見起，延至簾下。貴人拜，王答拜，謂貴人曰：『今既來此，即須置對，不審在生有何善事。』貴人曰：『無。』王曰：『在生數十年，既無善事，又不忠孝，今當奈何？』因嚬蹙曰：『可取所司處分。』貴人辭下。未數級，忽有大黑風到簾前，直吹貴人將去。遥見貴人在黑風中，吹其身，忽長數丈，而狀隳壞，或大或小，漸漸遠去，便失所在。王見佇立，謂階下人曰：『此是業風，吹此人入地獄矣。』官因白思元等，王曰：『可捻籌定之。』因簾下投三疋絹下，令三人開之。二人開絹，皆有『當使』字，唯思元絹開無有。王曰：『留二人。』舍思元。

「思元出殿門，門西牆有門東向。門外衆僧數百，持旛花迎思元，云菩薩要見。思元入院，院内地皆於〔五〕清池，院内堂閣皆七寶。堂内有僧，衣金縷袈裟，坐寶牀。思元之禮謁也，左右曰：『此地藏菩薩也。』思元乃跪。諸僧皆爲贊歎聲，思元聞之泣下。菩薩告衆曰：『汝見此人下淚乎？此人去亦不久，聞昔之梵音，故流涕耳。』謂曰：『汝見此間事，到人間一一話之，當令世人聞之，改心修善。汝此生無雜行，常正念，可復來此。』因令諸僧送歸。思元初蘇，具三十人食，别具二人肉食，皆有贈益〔六〕，由此也。」

思元活七日〔七〕，又設大齋。齋〔八〕畢，思元又死。至曉蘇，云：「向又爲菩薩所召，怒思元曰：『吾令汝具宣報應事，何不言之？』將杖之。思元哀請，乃放。」思元素不食酒肉，及得再生，遂乃潔淨長齋，而其家盡不過中食。而思元每人集處，必具言冥中所見〔九〕事，人皆化之焉。（《太平廣記》卷一〇〇《釋證二》，出《紀聞》）

〔一〕蘇　此字原無，據明鈔本、孫校本補。

〔二〕大　此字原無，據明鈔本、孫校本補。

〔三〕且　明鈔本、孫校本作「旦」。

〔四〕見　明鈔本、孫校本作「入」。

〔五〕於　此字疑譌，或爲衍字。
〔六〕益　《四庫》本作「蓋」，連下讀。
〔七〕活七日　明鈔本、孫校本作「七日活」，誤。
〔八〕齋　此字原無，據明鈔本、孫校本補。
〔九〕所見　此二字原無，據明鈔本、孫校本補。

僧齊之

勝業寺僧齊之，好交游貴人，頗曉醫術，而行多雜。天寶五載五月中病卒，二日而蘇，因移居東禪定寺。院中建一堂，極華飾，長座横列等身像七軀。自此絶交游，精持戒。自言曰：「初死，見録至鬼王庭，見一段肉，臭爛在地。王因問曰：『汝出家人，何因殺人？』齊之不知所對。王曰：『汝何故杖殺寺家婢？』齊之方悟。先是，寺中小僧何馬師與寺中青衣通，青衣後有異志，馬師怨之，因搆青衣於寺主。其青衣，不臧之人也，寺主亦素怨之。因衆僧堂食未散，召青衣對衆，且箠殺之。齊之諫寺主曰：『出家之人，護身口意，戒律之制，造次不可違，而況集衆殺乎？』馬師贊寺主。寺主大怒，不納齊之，遂箠朴交至，死於堂下。故齊之悟王之問，乃言曰：『殺人者寺主，構〔一〕罪者馬師，今何爲翻〔二〕見問？』王前臭肉忽有聲曰：『齊之殺我。』王怒曰：『婢何不起而卧言？』臭肉忽起爲人，則所殺青衣。與齊之辯對數反，乃言曰：『當死時，楚痛悶亂，但聞旁有勸殺之聲，疑是齊之，所以訴之。』王曰：『追寺主。』階吏曰：『福多不可追。』曰：『追馬師。』吏曰：『馬師命未盡〔三〕。』王曰：『然〔四〕且收青衣，放齊之。』初齊之入，見王座有一僧焉〔五〕，及門〔六〕，僧亦出，齊之禮謁。僧曰：『吾地藏菩薩也。汝緣福少，命且盡，所以獨見〔七〕追。今可堅持僧戒，舍汝俗〔八〕事，住閒靜寺，造等身像七軀。如不能得錢，彩畫亦得。』齊之既蘇，遂乃從其言焉。（《太平廣記》卷一〇〇《釋證二》，出《紀聞》）

〔一〕構　原作「得」。明鈔本、孫校本作「御名」，高宗趙構也，據改。

〔二〕翻　此字原無，據明鈔本、孫校本補。翻，反而。

〔三〕盡　明鈔本、孫校本作「可召」。

〔四〕然　此字原無，據明鈔本、孫校本補。然，然則。

〔五〕焉　原譌作「一馬」。據明鈔本、孫校本改。

〔六〕及門　明鈔本作「又問」。

〔七〕見　原無此字，據明鈔本、孫校本補。

〔八〕俗　明鈔本、孫校本作「欲」。

張無是

天寶十二載冬，有司戈張無是居在布政坊。因行街中，夜鼓絶，門閉，遂趨橋下而跧。夜半，忽有數十騎至橋，駐馬言，使乙至布政坊，將馬〔一〕一乘，往取十餘人。其二人，一則無是妻，一則同曲富叟王翁。無是聞之大驚。俄而取者至，云諸人盡得，唯無是妻誦《金剛經》，善神護之，故不得。因唱所得人名，皆應曰：「唯。」無是亦識王翁，應聲答曰：「畢。」俄而鼓動，無是歸家，見其妻猶誦經坐待。無是既至，妻曰：「汝常不外宿，吾恐汝犯夜，故誦經不眠相待。」比〔二〕天曉，聞南隣哭聲。無是問之，則王翁死矣。無是大懼，因以具告其妻，妻亦大懼。因移出宅，謁名僧，發誓願長齋，日則誦經四十九遍，由是得免。

（《太平廣記》卷一〇〇《釋證二》，出《紀聞》）

〔一〕馬　明鈔本作「軍」，孫校本作「車」。

〔二〕比　此字原無，據明鈔本、孫校本補。

黄山瑞像

魯郡任城野〔一〕黄山瑞像，蓋生於石，狀如胚混焉。昔有採梠者，山中見像，因往祈禱，如願必得，由是遠近觀者數千人。知盜官恐有姦起，因命石工破山石，葺瑞像，致之邑中大寺門樓下。於是邑人於寺建大齋，凡會數千人。齋畢衆散，日方午，忽然大風，黑雲覆寺，雲中火起，雹〔二〕擊門樓，飛雨河注。邑人驚曰：「門樓災矣。」先是，僧造門樓高百餘尺，未施丹雘，而樓勢東傾，以大木撑之。及雨止，樓已正矣。蓋鬼神以像故，而共扶持焉。（《太平廣記》卷一〇一《釋證三》，出《紀聞》）

〔一〕野　明鈔本、孫校本作「縣」。

〔二〕雹　明鈔本、孫校本作「霆」。

馬子雲

涇縣尉馬子雲，爲人數奇。以孝廉三任爲涇縣尉，皆數月丁憂而去。在官日，充本郡租綱赴京，途由淮水，遇風船溺，凡沉官米萬斛，由是大被拘繫。子雲在繫，乃專心念佛。凡經五年，後遇赦得出。因逃於南陵山寺中，常一食齋。天寶十年，卒於涇縣。先謂人曰：「吾爲人坎軻，遂精持内教。今西方業成，當往生安樂世界爾。」明日沐浴，衣新衣，端坐合掌。俄而異香滿户，子雲喜曰：「化佛來矣，且迎吾行。」言訖而歿。（《太平廣記》卷一〇一《釋證三》，出《紀聞》）

李虚

開元十五年有敕，天下村坊佛堂，小者並拆除，功德移入側近佛寺，堂大者，皆令閉封。天下不信之徒，並望風毁拆，雖大屋大像，亦殘毁之。敕到豫州，新息令李虚，嗜酒倔强，行事違戾。方醉而州符至，仍限三日報。虚見大怒，便約胥正，界内毁拆者死，於是一界並全。虚爲人好殺愎戾，行必違道。當時非惜佛宇〔一〕也，但以忿限〔二〕故全之，全之亦不以介意。

歲餘，虚病，數日死。時正暑月，隔宿即斂。明日將殯，母與子繞棺哭之。夜久哭止，聞棺中若指爪戛棺聲。初聞疑鼠爲之〔三〕，未之悟〔四〕也。斯須增甚，妻子驚走。母獨不去，命開棺。左右曰：「暑月恐壞。」母怒，促開之，而虚生矣。身頗瘡爛，於是浴而將養之。月餘平復，虚曰：「初爲兩卒拘至王前〔五〕，王不在，見階前典吏，乃新息吏也，亡經年矣。見虚拜〔六〕，問曰：『長官何得來？』虚曰：『適被録而至。』吏曰：『長官平生唯以殺害爲心，不知罪福，今當受報，將若之何？』虚聞大〔七〕懼，請救之。吏曰：『去歲拆佛堂，長官界内獨全，此功德彌大〔八〕。長官縱〔九〕死，亦不合此間追攝。少間王問，更勿多言，但以此對。』虚方憶之。

「頃王坐，主者引虛見王。王曰：『索李明府善惡簿來。』即有人持一通案至，大合抱。有二青衣童子，亦隨文〔一〇〕案。王命啓牘唱罪，階吏讀曰：『專好〔一一〕割羊脚。』吏曰：『合杖一百，仍割其身肉百斤。』王曰：『可令割其肉。』虛曰：『去歲有敕拆佛堂，毁佛像，虛界内獨存之。此功德可折罪否？』王驚曰：『審有此否？』吏曰：『無。』新息吏進曰：『有福簿在天堂，可檢之。』王曰：『促〔一二〕檢。』殿前垣南〔一三〕有樓數間，吏登樓檢之。未至，有二僧來至殿前，王問：『師何？』即〔一四〕有一答曰：『常誦《金剛經》。』一曰：『常讀《金剛經》。』王起，合掌曰：『請法師登階。』王座之後有二高座，右金左銀。王請誦者坐金座，讀者坐銀座。坐訖開經，王合掌聽之。誦讀將畢，忽有五色雲至金座前，紫雲至銀座前。誦訖〔一五〕，二僧乘雲飛去，空中遂滅。王謂階下人曰：『見二僧乎？皆生天矣。』於是吏檢善簿至，唯一紙，因讀曰：『去歲敕拆佛堂，新息一縣獨全，合折一生中罪〔一六〕，延年三十，仍生善道。』言畢，罪簿軸中火出，焚燒之盡。王〔一七〕曰：『放李明府歸。』仍敕兩吏，送出城南門〔一八〕。

「見夾道並高樓大屋，男女雜坐，樂飲笙歌。虛好絲竹，見而悦之。兩吏謂曰：『急過此無顧，顧當有損。』虛見飲〔一九〕處，意不能忍行，佇立觀之。即聞〔二〇〕店中人呼曰：『來！』吏曰：『此非善處，既不相取信〔二一〕，可任去。』虛猶〔二二〕未悟，至飲處，人皆起。就坐〔二三〕，奏絲竹〔二四〕。酒至虛，虛〔二五〕酬酢畢，將飲之，乃一杯糞汁也，臭穢特甚。虛不肯飲，即有牛頭獄卒，出於牀下，以叉刺之，洞胸。虛遽〔二六〕連飲數杯，乃出叉不没〔二七〕。吏引虛南出〔二八〕，入荒田小徑中。遥見一燈烱然，燈旁有〔二九〕大坑，昏黑不見底。二吏推墮之，遂蘇。」

李虛素〔三〇〕性兇頑，不知罪福，而被酒〔三一〕違戾，以全佛堂。明非己之本心也，然猶〔三二〕身得生天，火焚罪簿。獲福若此，非爲善之報乎！與夫日夜精勤，孜孜爲善，既持僧律，常行佛言，而不離生死，未之有也。（《太平廣記》卷一〇四《報應三》，出《紀聞》）

〔一〕宇　明鈔本、孫校本、南宋釋志磐《佛祖統紀》卷四〇引《太平廣記》作「屋」。

〔二〕忿限　明鈔本、《四庫》本、《筆記小説大觀》本、《太平廣記鈔》卷一五、日本妙幢編《金剛般若經靈驗傳》卷上及日本闕名編《金剛經受持感應録》卷上《宋太平廣記報應部上》引《紀聞》「限」作「恨」。孫校本作「狠」，恨也。按：忿限，指忿恨三日限期太緊也。

〔三〕初聞疑鼠爲之　原作「初疑鼠」，據明鈔本、孫校本補三字。

〔四〕未之悟　明鈔本、孫校本作「未寤」。寤，義同「悟」。

〔五〕兩卒拘至王前　《佛祖統紀》作「兩吏拘至王庭」。

〔六〕拜　明鈔本、孫校本作「再拜」。

〔七〕大　此字原無，據明鈔本、孫校本、《佛祖統紀》補。

〔八〕大　明鈔本、孫校本、《佛祖統紀》作「天」。
〔九〕縱　原作「雖」，據明鈔本、孫校本改。
〔一〇〕文　孫校本作「大」，當譌。
〔一一〕好　明鈔本、《佛祖統紀》作「學」，孫校本譌作「李」。
〔一二〕促　孫校本作「從」。
〔一三〕垣南　明鈔本作「南垣」。按：垣南，牆南；南垣，南面之官署，皆通。
〔一四〕即　原作「所」，據孫校本改。
〔一五〕誦訖　此二字原無，據明鈔本、孫校本補。
〔一六〕中罪　《佛祖統紀》作「無數罪惡」。
〔一七〕王　明鈔本、孫校本下有「遽」字。
〔一八〕送出城南門　明鈔本、孫校本作「送之出數重城門南出」。
〔一九〕飲　明鈔本、孫校本作「大飲」。
〔二〇〕即聞　此二字原無，據明鈔本、孫校本補。
〔二一〕不相取信　明鈔本「信」作「語」。孫校本作「不取相語」。按：不相取信，即不相信吏語。不相取語（或不取相語），即不聽吏語。二者意同。
〔二二〕猶　此字原無，據明鈔本、孫校本補。

〔二三〕就坐　明鈔本、孫校本前有「因」字。
〔二四〕絲竹　明鈔本、孫校本前有「諸」字。
〔二五〕虚　此字原無，據明鈔本、孫校本補。
〔二六〕遽　明鈔本、孫校本此字上有「忽」字。
〔二七〕叉不没　此三字原無，據明鈔本、孫校本補。
〔二八〕吏引虚南出　明鈔本「吏」上有「二」字。「出」字原無，據明鈔本、孫校本補。
〔二九〕有　明鈔本、孫校本作「見」。
〔三〇〕素　明鈔本、孫校本作「率」。
〔三一〕被酒　明鈔本、孫校本作「酒後」。按：觀前文，當作「被酒」。
〔三二〕然猶　明鈔本、孫校本作「猶然」。

紀聞卷四

牛騰

牛騰，字思遠，朝散大夫、郟城令。棄官從好，精心釋教，從其志者終身。常慕陶潛五柳先生之號，故自稱「布衣公子」，即侍中、中書令、河東侯炎之甥也。侯姓裴氏〔一〕。未弱冠，明經擢第，再選右衛騎曹參軍。公子沉靜寡言，少挺異操。河東侯器其賢，朝廷政事皆訪之。公子清儉自守，德業過人，故王勃等四人，皆出其門下。

年壯而河東侯遇害，公子謫爲牂牁建安丞。將行，時中丞崔察用事，貶官皆辭之。素有嫌者，或留之，誅殛甚衆。時天后方任酷吏，而崔察先與河東侯不協，陷之。公子將見崔察，懼不知所爲。忽衢中遇一人，形甚瓌偉，黄衣盛服。乃問公子：「欲過中丞，得無懼死乎？」公子驚曰：「然。」又曰：「公有犀角〔二〕刀子乎？」曰：「有。」異人曰：「公有刀子甚善。授公以神呪，見中丞時，但俯伏掐訣，言帶犀角刀子，掐手訣，乃可以誦呪。其訣，左手中指第三節横文，以大指爪掐之〔三〕。而密誦呪七遍，當有所見，可以無患矣。」呪曰：「吉中吉，迦戍律〔四〕。提中有律，陁阿婆迦呵。」公子俛而誦之，既得，仰視異人亡矣，大異之。即見察，同過三十餘人，公子名當二十。前十九人，各呼名過，素有郤，察則留處絞斬者，且半焉。次至公子，如其言誦呪。察久不言，仰視之，見一神人，長丈餘〔五〕，儀質非常，出自西階，直至察前，右拉其肩，左捩其首，面正當背。而諸人但見崔察低頭不言，手注「定」〔六〕字而已。公子遂得脱。比至屏迴顧，見神人釋察而亡矣。

公子至牂牁，素秉誠信，篤敬佛道。雖已婚宦，如戒僧焉。口不妄談，目不妄視，言無僞，行無頗。以是夷獠漸漬其化，遂大布釋教於牂牁中。常攝郡長吏，置道場數處。居三年而莊州獠反，轉入牂牁，郡人背〔七〕殺長吏以應之。建安大豪起兵相應，乃劫公子，坐於樹下，將加戮焉。忽有夷人，持刀斬守者頭，乃詈曰：「縣丞至惠，汝何忍害若人！」因置公子於籠中，令力者負而走，於是兼以孥免。事解後，郡以狀聞。詔書還公事，許其還歸〔八〕。後宰數邑，皆計日受俸，其清無以加，亦天性也。後棄官，精内教，甚有感焉。（《太平廣記》卷一一二《報應十一》，出《紀聞》）

〔一〕侯姓裴氏　此四字談本爲注文，汪校本誤排作正文，今改。

〔二〕犀角　孫校本作「厚角」，下同。

〔三〕「言帶犀角刀子」至「以大指爪掐之」　此條注文明鈔本作：「言帶犀角刀者，掐手訣，左手中指第二節横文，乃可以誦其咒其訣。」孫校本作：「言帶厚角刀子，掐手，掞左右手中指第一節，蔓刀可以誦呪矣。」按：明鈔本、孫校本均有脱譌，不及談本爲善。黄本、《四庫》本、《筆記小説大觀》本均同談本。

〔四〕戌律　原作「戍律」，《四庫》本、《筆記小説大觀》本作「戌律」，據改。按：《史記》卷二五《律書》：「九月也，律中無射。無射者，陰氣盛用事，陽氣無餘也，故曰無射。其於十二子爲戌。戌者，言萬物盡滅，故曰戌。」

〔五〕丈餘　明鈔本、孫校本作「十五尺」。

〔六〕定　明鈔本、孫校本作「足」。

〔七〕背　黄本、《四庫》本、《筆記小説大觀》本作「皆」。背，背地，暗裏。

〔八〕許其還歸　談本爲注文，汪校本改作正文，未出校。黄本、《四庫》本、《筆記小説大觀》本均作正文，是也。

襄陽老姥

神龍年中，襄陽將鑄佛像。有一老姥至貧，營求助施，卒不能〔一〕得。姥有一錢，則爲女時母所賜也，寶之六十餘年。及鑄像時，姥持所有，因發重願，投之爐中。及破爐出像，姥所施錢，著佛胷臆，因磨錯去之。一夕，錢又如故，僧徒驚異。錢至今存焉。乃知至誠發心，必有誠應。姥心至誠，故諸佛感之，令後人生希有此事也。（《太平廣記》卷一一五《報應十

四》，出《紀聞》）

〔一〕能　談本原作「成」，汪校本據明鈔本改作「能」。按：明成祖仁孝皇后徐妙雲《勸善書》卷一二、胡我琨《錢通》卷一四《檀施》亦作「能」。

普賢社

開元初，同州界有數百家爲東西普賢邑社，造普賢菩薩像，而每日設齋。東社邑家青衣，以齋日生子於其齋次，名之曰普賢。年至十八，任爲愚豎，厮役之事，蓋所備嘗。後因設齋之日，此豎忽推普賢身像而坐其處。邑老觀者，咸用怒焉，既加詬駡，又苦鞭撻。普賢笑曰：「吾以汝志心，故生此中。汝見真普賢不能加敬，而求此土像，何益？」於是忽變其質爲普賢菩薩身，身黄金色，乘六牙象，空中飛去，放大光明，天花綵雲，五色相映，於是遂滅。邑老方悟賢聖，大用驚慚。

其西社爲普賢邑齋者，僧徒方集，忽有婦人懷妊垂産，云：「見欲生子。」因入菩薩堂中。人呵怒之，不可禁止。因産一男子於座之前。既初産生，甚爲汙穢，諸人不可提挈出，深用詬辱。忽失婦人所在，男變爲普賢菩薩，光明照燭，相好端麗。其所汙穢，皆成香花。於是乘象騰空，稍稍而滅。諸父老自恨愚闇，不識普賢，刺眇其目者十餘人。由是言

之，菩薩變現，豈凡人能識。（《太平廣記》卷一一五《報應十四》，出《記聞》，《四庫》本作《紀聞》）

李之

王悦爲唐昌令，殺録事李之而不辜。之既死，長子作靈語曰：「王悦不道，枉殺予，予必報。」其聲甚厲。經數日，悦晝坐廳事，忽拳毆其腰。聞者殷然，驚顧無人。既暮，擊處微腫焉，且痛。其日，李之男又言曰：「吾已擊王悦，正中要害處，即當殺之。」悦疾甚，則至蜀郡謁醫，不愈。未死之前日，李之命其家造數人饌，仍言曰：「吾與客三人至蜀郡録王悦，食畢當行。」明日而悦死。悦腫潰處，正當右腎。即李之所爲〔一〕也。（《太平廣記》卷一二一《報應二十》，出《紀聞》）

〔一〕爲　孫校本作「擊」。按：《勸善書》卷一七亦作「爲」。

楊慎矜

監察御史王掄，爲朔方節度判官。乘驛，在途暴卒，而顔色不變，猶有暖氣，懼不敢殯。凡十五日復生，云至冥司，與冥吏語，冥吏悦之，立於房内。吏出，掄試開其案牘，乃楊慎矜於帝所訟李林甫、王鉷也，已斷王鉷族滅矣。於是不敢開，置於舊處而謁王。王庭前東西廊下皆垂簾，坐掄簾下。慎矜兄弟入，見王稱寃。王曰：「已族〔一〕王鉷，即當到矣。」須臾，鏁鉷至，兼其子弟數人，皆械繫面縛，七竅流血，王令送訊所。於是與慎矜同出，乃引稽考，掄所作業，未當死，即放還〔二〕。掄既蘇，月餘有邢縡之事，王鉷死之。（《太平廣記》卷一二一《報應二十》，出《紀聞》）

〔一〕族　《勸善書》卷一作「族滅」。

〔二〕稽考掄所作業未當死即放還　以上十二字原脱，據《勸善書》補。

午橋民

衛州司馬杜某〔一〕，嘗爲洛陽尉，知捕寇。時洛陽城南午橋，有人家失火，七人皆焚死。杜某坐廳事，忽有一人爲門者所執，狼狽至前。問其故，門者曰：「此人適來，若大驚恐狀，再馳入縣門，復馳出，故執之。」其人曰：「某即殺午橋人家之賊也，故來歸命。嘗結伴五人，同劫其家，得財物數百千。恐事泄，則殺其人，焚其室，如自焚死者，故得人不疑。將財至城，舍於道德里。與其伴欲出外，輒坎軻不能去。今日出道德坊南行，忽見空中有火六七團，大者如瓠，小者如盃，遮其前，不得南出。因北走，有小火直入心中，爇其心腑，痛熱發狂。因爲諸火遮繞，驅之令入縣門。及入，則不見火，心中火亦盡。於是出門，火又盡在空中，遮不令出。自知不免，故備言之。」由是命盡取其黨及財物，於府殺之。（《太平廣記》卷一二七《報應二十六》，出《紀聞》）

〔一〕某　《勸善書》卷一八作「基」，下同，疑是。

晉陽人妾

牛肅〔一〕舅之尉晉陽也，縣有人殺其妾，將死言曰：「吾無罪，爲汝所殺，必報〔二〕。」後數年，殺妾者夜半起，至母寢門呼。其母問故，其人曰：「適夢爲虎所齧，傷至甚，遂死。覺而心悸，甚驚惡，故啓之。」母曰：「人言夢死者反生，夢想顛倒故也，汝何憂！然汝夜來未飯牛，亟飯之。」其人曰：「唯。」闇中見物，似牛之脱也。前執之，乃虎矣，遂爲所噬，其人號叫，竟死。虎既殺其人，乃入院，至其房而處其牀，若寢者。其家伺其寢，則閉鏁其門，而白於府。季休光爲留守，則使取之。取者登焉，破其屋，攢矛以刺之，乃死。舅方爲留守判官，得其頭，漆之爲枕。至今時人以虎爲所殺之妾也。（《太平廣記》卷一二九《報應二十八》，出《紀聞》）

〔一〕牛肅　此當爲《廣記》編纂者所改，原當爲「予」、「余」、「吾」等第一人稱，或單稱「肅」。今姑仍之，下同。

〔二〕必報　《勸善書》卷一七作「吾死，當爲毒蛇猛獸，以報爾」。

當塗民

吴俗，取鱔魚皆家生之〔一〕，欲食，則投之沸湯，偃轉移時乃死。天寶八載，當塗有業人取鱔魚〔二〕，是春〔三〕得三頭鱔，其子去鱔皮，斷其頭，燃火將羹之。其鱔則化爲蛇，赤文斒斕，長數尺，行趨門外。其子走，反顧，餘二鱔亦已半爲蛇，須臾化畢，皆去。其子遂病，明日死。於是一家七人，皆相繼死，十餘日且盡。當塗令王休愔，以其無人也，命葬之。（《太平廣記》卷一三二《報應三十一》，出《紀聞》）

〔一〕取鱔魚皆家生之　原作「取鮮魚皆生之」，據明鈔本、孫校本改。《勸善書》卷二〇作「取鱔魚皆生育之」。

〔二〕有業人取鱔魚　黄本、《四庫》本、《筆記小説大觀》本作「有人業取鱓魚」。《勸善書》作「一日命其子取鱔魚」。「鱔」原作「鱓」，字同，爲與前文一致，故改。下同。

〔三〕春　《勸善書》作「日」。

相王

安州都督杜鵬舉，父子皆知名。中宗在位，韋后方盛，而鵬舉暴卒。在冥司，鞫訊未畢，至王殿前，忽聞官曰：「王今當立相王爲皇帝。」王起，至堦下，見人身皆長一丈，共扶輦者百人。相王被衮冕，在輦中。鬼王見之迎拜，相王下輦答拜，如是禮成而出。鵬舉既蘇言之，時相王作相矣。後歲餘，韋皇后將危李氏，相王子臨淄王，興兵滅之，而尊相王爲皇帝，乃召鵬舉遷其官。（《太平廣記》卷一三五《徵應一》，出《記聞》，孫校本、《四庫》本作《紀聞》）

按：標題原作《唐相王》，今删「唐」字。

王儦

太子僕通事舍人王儦，肅宗〔一〕克復後降官，爲人所告，繫御史臺。儦未繫之前年九月，儦與嬖姬〔二〕夜坐堂下，有流星大如盎，光明照曜，墜於井中，在井久猶光明。使人求之，無所得。儦懼出宅，竟徙播州。儦殊不意，行至鳳州，疽背裂死。（《太平廣記》卷一四三《徵應九》，出《紀聞》）

〔一〕肅宗　此爲李亨廟號，當爲《廣記》編者所改。原文當爲「上」、「今上」。姑存之。

〔二〕姬　《四庫》本作「妾」。

宗子

太子通事舍人王儦曰：「人遭遇皆繫之命，緣業先定，吉凶乃來，豈必誡慎！」昔天后誅戮皇宗，宗子繫大理，當死。宗子歎曰：「既不免刑，焉用污刀鋸？」夜中，以衣領自縊死。曉而蘇，遂言笑飲食，不異在家。數日被戮，神色不變。初蘇，言曰：始死，冥官怒之曰：「爾合戮死，何爲自來？速還受刑。」宗子問故，官示以冥簿，及前世殺人，今償對乃畢報。宗子既知，故受害無難色。（《太平廣記》卷一四七《定數二》，出《紀聞》）

按：《廣記》原題《王儦》，與前條重。實爲宗子事，今改。

裴伷先

工部尚書裴伷先，年十七，爲太僕寺丞。伯父相國炎遇害，伷先廢爲民，遷嶺外。伷先素剛，痛伯父無罪，乃於朝廷上〔一〕封事請見，面陳得失。天后大怒，召見，盛氣以待之，謂伷先曰：「汝伯父反，干國之憲，自貽伊戚，爾欲何言？」伷先對曰：「臣今請爲陛下計，安敢訴冤？且陛下先帝皇后，李家新婦。先帝棄世，陛下臨朝。爲婦道者，理當委任大臣，保其宗社。東宮年長，復子明辟，以塞天人之望。今先帝登遐未幾，遽自封崇私室，立諸武爲王，誅斥李宗，自稱皇帝，海内憤惋，蒼生失望。臣伯父至忠於李氏，反誣其罪，戮及子孫。陛下爲計若斯，臣深痛惜。臣望陛下復立李家社稷，迎太子東宫。陛下高枕，諸武獲全。如不納臣言，天下一動，大事去矣。産、禄之誡，可不懼哉！臣今爲陛下計，能用臣言，猶未晚也〔二〕。」天后怒曰：「何物〔三〕小子，敢發此言！」命牽出。伷先猶反顧曰：「陛下採臣言實未晚。」如是者三。天后令集朝臣於朝堂，杖伷先至百，長隸瀼州〔四〕。伷先解衣受杖，笞至五十〔五〕而伷先死，數至九十八而蘇，更二笞而畢。伷先瘡甚，卧驢輿中，至流所，卒不死。

在南中數歲，娶流人盧氏，生男愿。盧氏卒，伷先攜愿潛歸鄉。歲餘事發，又杖一百，徙〔六〕北庭。貨殖五年，致資財數千萬。伷先賢相之姪，往來河西，所在交二千石。北庭都護府城下，有夷落萬帳，則降胡也。其可汗禮伷先，以女妻之。可汗唯一女，念之甚，贈伷先黄金馬牛羊甚衆。伷先因而致富〔七〕，門下食客常數千〔八〕人。自北庭至東京，累道致〔九〕客，以取東京息耗。朝廷動静，數日伷先必知之。時補闕李秦授寓直中書，進〔一〇〕封事曰：「陛下自登極，誅斥李氏及諸大臣。其家人親族，流放在外者，以臣所料，且數萬人。如一旦同心，招集爲逆，出陛下不意，臣恐社稷必危。讖曰：『代武者劉。』夫劉者流也〔一一〕。陛下不殺此輩，臣恐爲禍深焉。」天后納之。夜中召入，謂曰：「卿名秦授，天以卿授朕也。何啓予心！」即拜考功員外郎，仍知制誥，勑賜朱紱，女妓十人，金帛稱是。與謀發敕使十人於十道，安慰流者。其實賜墨敕與牧守，有流放者殺之〔一二〕。敕既下，伷先知之。會賓客計議，皆勸伷先入胡〔一三〕，伷先從之。

日晚，舍於城外。束〔一四〕裝時，有鐵騎果毅二人，勇而有力，以罪流，伷先善待之。及行，使將馬牛槖駞八十頭，盡裝金帛〔一五〕。賓客家僮從之者三百餘人。甲兵備足〔一六〕，曳犀超乘者半。有千里足馬二，伷先與妻乘之。裝畢遽發，料天曉人覺之，已入虜境矣。既而迷失道，遲明，唯進一舍，乃竟馳驅〔一七〕。既明，候〔一八〕者言伷先走，都護令八百騎追之，妻父可汗又令五百騎追焉，誡追者曰：「舍伷先與妻，同行者盡殺之，貨財爲賞。」追者及伷先於塞，伷先勒兵與戰，麾下皆殊死。日昏，二將戰死，殺追騎八百人，而伷先敗〔一九〕。縛伷先及妻於〔二〇〕槖駞，將至都護所。既至，械繫穽中。具以狀聞，待報而使者至，召流人數百，皆害之。伷先以未報，故免。天后度流人已死，又使使者安撫流人曰：「吾前使十道使安慰流人，何使者不曉吾意，擅加殺害，深爲酷暴。其輒殺流人使，並所在鏁項，將至害流人處斬之，以快亡魂。諸流人未死，或他事繫者，兼家口放還。」由是伷先得免，乃歸鄉里。

及唐室再造，宥裴炎，贈以益州大都督。求其後，伷先乃出焉，授詹事丞。歲中四遷，遂至秦州都督，再節制桂、廣，一任幽州帥，四爲執金吾，一兼御史大夫，太原、京兆尹，太府卿，凡任三品官，向四十政。所在有聲績，號曰「唐臣」〔三〕。後爲工部尚書、東京留守，薨，壽八十六。（《太平廣記》卷一四七《定數二》，出《紀聞》）

〔一〕上　此字原無，據《古今説海》説淵部別傳十一《裴伷先別傳》、《太平廣記鈔》卷二一補。按：《資治通鑑》卷二〇三則天皇后光宅元年：「裴炎弟子、太僕寺丞伷先，年十七，上封事，請見言事。」本此。上封事，即上呈密封之奏章。《後漢書》卷二《顯宗孝明帝紀》：「於是在位者皆上封事，各言得失。」《舊唐書》卷二《太宗紀上》：「又令百官各上封事，備陳安人理國之要。」

〔二〕臣今爲陛下計能用臣言猶未晚也　原作「臣今爲陛下用臣言未晚」，據《説海》補四字。

〔三〕何物　明鈔本作「胡乃」，孫校本作「胡白」。按：胡乃，何乃。胡白，胡説之意。《資治通鑑》：「太后怒曰：『胡白小子，敢發此言！』命引出。」胡三省注：「胡，何也；白，陳也。言何等陳白也。」

〔四〕瀼州　原譌作「攘州」，據《説海》、《新唐書》卷一一七《裴伷先傳》、《資治通鑑》改。按：《新唐書》卷四三上《地理志七上・嶺南道》：「瀼州臨潭郡，下。貞觀十二年，清平公李弘節開夷獠置。」

〔五〕五十　原無「五」字，據孫校本補。

〔六〕徙　《説海》作「配」。

〔七〕富　此字原無，據《説海》補。

〔八〕數千　《新唐書》作「數百」。

〔九〕致　《説海》作「置」。

〔一〇〕進　此字原無，據《説海》補。

〔一一〕夫劉者流也　《新唐書》作「劉無彊姓，殆流人乎」。

〔一二〕其實賜墨敕與牧守有流放者殺之　此十四字原爲注文，黄本、《四庫》本、《筆記小説大觀》本、《説海》、《廣記鈔》爲正文。按：觀其内容不似崔造注文，且《新唐書》本傳云：「分走使者，賜墨詔慰安流人，實命殺之。」分明原屬正文。據改。

〔一三〕入胡　《新唐書》：「以橐駝載金幣賓客奔突厥」，「胡」作「突厥」。

〔一四〕束　原譌作「因」，據《説海》改。

〔一五〕使將馬牛橐駞八十頭盡裝金帛　原作「使將馬裝橐駞八十頭，盡金帛」。按：談本「駞」原作「馳」，汪校本改作「駞」，未出校。「駞」同「駝」。橐駞，駱駝。

〔一六〕足　此字原無，據《説海》補。

〔一七〕乃竟馳驰　原作「乃馳」，據明鈔本補二字。竟，通「競」。

〔一八〕候　原譌作「侯」，據孫校本、黄本、《四庫》本、《筆記小説大觀》本、《説海》、《廣記鈔》改。

〔一九〕麾下皆殊死日昏二將戰死殺追騎八百人而伷先敗　《説海》作：「麾下皆殊死戰，殺追騎五百人。日昏，二將戰死而敗。」

〔二〇〕於　《説海》作「與」，連下讀。

〔二一〕號曰唐臣　《説海》作「號稱名臣」。

紀聞卷五

張去逸

肅宗〔一〕張皇后祖母竇氏，玄宗之姨母也。玄宗先后早薨，竇有鞠養之恩。景雲中，封鄧國夫人，帝甚重之。其子去惑、去盈、去奢、去逸，依倚恩寵，頗極豪華。一日，弟兄同獵渭曲，忽有巨蛇長二丈，騰趕〔二〕草上，迅捷如飛。去逸因蹤〔三〕轡彎弧，一發而中，則命從騎挂之而行。俄頃，霧起於渭上，咫尺昏晦，驟雨驚電，無所遁逃。偶得野寺，去逸即棄馬，徑〔四〕依佛廟。烈火震霆，隨而大集。方霆火交下之際，則聞空中曰：「勿驚僕射。」霆火遽散。俄而復臻，又聞空中曰：「勿驚司空。」霆火登止。俄復薿集，又聞空中曰：「勿驚太尉。」既而陰翳廓然，終無所損，然死蛇從馬，則已失矣。去逸自負坐須富貴。不數年，染疾而卒，官至〔五〕太僕卿。天寶中，其女選東宮，充良媛。及肅宗收復兩京，良媛頗有輔佐之力。至德二載，册爲淑妃。乾元元年，詔中書令崔圓持節册爲皇后，而去逸以后父，前後三贈官，皆如空中之告耳〔六〕。（《太平廣記》卷一五〇《定數五》，出《紀聞》）

〔一〕肅宗　此爲李亨廟號，原文當爲「上」、「今上」之類。姑存。下同。

〔二〕趕　黄本、《四庫》本、《筆記小説大觀》本作「趠」。趠，跳也。

〔三〕蹤　明鈔本、《廣豔異編》卷一七定數部《張去逸》作「縱」。蹤，用同「縱」。

〔四〕徑　明鈔本作「往」。

〔五〕至　明鈔本、陳校本、《廣豔異編》作「止」。

〔六〕告耳　《廣豔異編》作「語」。

吴保安

吴保安，字永固，河北人，任遂州方義尉。其鄉人郭仲翔，即元振從姪也。仲翔有才學，元振將成其名宦。會南蠻作亂，以李蒙爲姚州都督，帥師討焉。蒙臨行，辭元振，元振乃見仲翔，謂蒙曰：「弟之孤子，未有名宦。子姑將行，如破賊立功，某在政事，當接引之，俾其縻薄俸也。」蒙諾之。仲翔頗有幹用，乃以爲判官，委之軍事。

至蜀，保安寓書於仲翔曰：「幸共鄉里，籍甚風猷，雖曠不展拜，而心常慕仰。吾子國相猶子，幕府碩才，果以良能，而受委寄。李將軍秉文兼武，受命專征，親綰大兵，將平小寇。以將軍英勇，兼足下才能〔一〕，師之克殄，功在旦夕。保安幼而嗜學，長而專經，才乏兼人，官從一尉。僻在劍外，地邇蠻陬，鄉國數千，關河阻隔。況此官已滿，後任難期。以保安之不才，厄選曹之格限，更思微禄，豈有望焉！將歸老丘園，轉死溝壑。側聞吾子急人之憂，不遺鄉曲之情。忽垂特達之眷，使保安得執鞭弭，以奉周旋，録及細微，薄霑功効。承兹凱入，得預末班，是吾子丘山之恩，即保安銘鏤之日。非敢望也，願爲圖之。唯〔二〕照其款誠，而寬其造次。專策駑蹇，以望招攜。」仲翔得書，深感之。即言於李將軍，召爲管記。未至而蠻賊轉逼，李將軍至姚州，與戰破之。乘勝深入蠻，覆而敗之〔三〕。李身死軍没，仲翔爲虜。蠻夷利漢財物，其没落者，皆通音耗，令其家贖之，人〔四〕三十匹。

保安既至姚州，適值軍没，遲留未返。而仲翔於蠻中，間關致書於保安，曰：「永固無恙。保安之字。頃辱書未報，值大軍已發，深入賊庭，果逢撓敗，李公戰没，吾爲囚俘。假息偷生，天涯地角。顧身世已矣，念鄉國窅然。才謝鍾儀，居然受縶；身非箕子，且見爲奴。海畔牧羊，有類於蘇武；宫中射鴈，寧期於李陵。吾自陷蠻夷，備嘗艱苦，肌膚毁剔，血淚滂沱〔五〕。生人至艱，吾身盡受。以中華世族，爲絶域窮囚。日居月諸，暑退寒襲。思老親於舊國，望松檟於先塋。忽忽發狂，腷臆流慟，不知涕之無從。行路見吾，猶爲傷愍。吾與永固，雖未披款，而鄉里先達，風味相親。想覩光儀，不離夢寐。昨蒙枉問，承間便言。李公素知足下才名，則請爲管記。大軍去遠，足下來遲。乃足下自後於戎行，非僕遲遺〔六〕

於鄉曲也。足下門傳餘慶，天祚積善，果事期不入，而身名並全。向若早事麾下，同參幕府，則絶域之人，與僕何異？吾今在厄，力屈計窮。而蠻俗没留，許親族往贖。以吾國相之姪，不同衆人，仍苦相邀，求絹千匹。此信通聞，仍索百縑。願足下早附白書，報吾伯父，宜以時到，得贖吾還。使亡魂復歸，死骨更肉，唯望足下耳。今日之事，請不辭勞。若吾伯父已去廟堂，難可諮啓，即願足下，親脱石父，解晏嬰〔七〕之驂；往贖華元，類宋人之事。濟物之道，古人猶難。以足下道義素高，名節特著，故有斯請，而不生疑。若足下不見哀矜，猥同流俗，則僕生爲俘囚之豎，死則蠻夷之鬼耳，更何望哉！已矣，吴君，無落吾事！」

保安得書，甚傷之。時元振已卒，保安乃爲報，許贖仲翔。仍傾其家，得絹二百疋往。因住巂州，十年不歸，經營財物，前後得絹七百疋，數猶未至。保安素貧窶，妻子猶在遂州，貪贖仲翔，遂與家絶。每於人有得，雖尺布升粟，皆漸而積之。後妻子飢寒，不能自立，其妻乃率弱子，駕一驢，自往瀘南，求保安所在。於途中糧盡，猶去姚州數百里〔八〕。其妻計無所出，因哭於路左，哀感行人。時姚州都督楊安居乘驛赴郡，見保安妻哭，異而訪之。妻曰：「妾夫遂州方義尉吴保安，以友人没蕃，丐而往贖，因住姚州。棄妾母子，十年不通音問。妾今貧苦，往尋保安，糧乏路長，是以悲泣。」安居大奇之，謂曰：「吾前至驛，當候夫人，濟其所乏。」既至驛，安居賜保安妻錢數千，給乘令進。安居馳至郡，先求保安。見之，執其手升堂，謂保安曰：「吾常讀古人書，見古人行事，不謂今日親覩於公。何分義情深，妻子意淺，捐棄家室，求贖友朋，而至是乎！吾見公妻來，思公道義，乃心勤佇，願見顏色。吾今初到，無物助公，且於庫中假官絹四百匹，濟公此用。待友人到後，吾方徐爲填還。」保安喜，取其絹，令蠻中通信者持往。向二百日，而仲翔至姚州，形狀憔悴，殆非人也。方與保安相識，語相泣也。

安居曾事郭尚書，則爲仲翔洗沐，賜衣裝，引與同坐，宴樂之。安居重保安行事，甚寵之。於是令仲翔攝治下尉。仲翔久於蠻中，且知其款曲，則使人於蠻洞市女口十人，皆有姿色。既至，因辭安居歸北，且以蠻口贈之。安居不受，曰：「吾非市井之人，豈待報耶！欽吴生分義，故因人成事耳。公有老親在北，且充甘脆〔九〕之資。」仲翔謝曰：「鄙身得還，公之恩也；微命得全，公之賜也。翔雖瞑目，敢忘大造！但此蠻口，故爲公求來，公今見辭，翔以死請。」安居難違，乃見其小女，曰：「公既頻繁有言，不敢違公雅意。此女最小，常所鍾愛，今爲此女，受公一小口耳。」因辭其九人。而保安亦爲安居厚遇，大獲資糧而去。

仲翔到家，辭親凡十五年矣。却至京，以功授蔚州録事參軍，則迎親到官。兩歲，又以優授代州户曹參軍。秩滿内憂，葬畢，因行服墓次。乃曰：「吾賴吴公見贖，故能拜職養親。今親殁服除，可以行吾志矣。」乃行求保安。而保安自方義尉選授眉州彭山丞，仲翔遂至蜀訪之。保安秩滿不能歸，與其妻皆卒於彼，權窆寺内。仲翔聞之，哭甚哀，因製縗麻，環經加杖，自蜀郡徒跣，哭不絶聲。至彭山，設祭酹畢，乃出其骨，每節皆墨記之，墨記骨節，書其次第，恐葬斂時有失之也。盛於練囊。又出其妻骨，亦墨記，貯於竹籠，而徒跣親負之。徒行數千里，至魏郡。保安有一子，仲翔愛之如弟。於是盡以家財二十萬，厚葬保安，仍刻石頌美。仲翔親廬墓〔一〇〕側，行服三年。既而爲嵐州長史，又加朝散大夫，攜保安子之官，爲娶妻，恩養甚至。仲翔德保安不已，天寶十二載〔一一〕詣闕，讓朱紱及官於保安之子以報，時人甚高之。

初，仲翔之没也，賜蠻首〔一二〕爲奴，其主愛之，飲食與其主〔一三〕等。經歲，仲翔思北，因逃歸，追而得之，轉賣於南洞。洞主嚴惡，得仲翔，苦役之，鞭笞甚至。仲翔棄而走，又被逐得，更賣南洞中，其洞號「菩薩蠻」。仲翔居中經歲，困厄復走，蠻又追而得之，復賣他洞。洞主得仲翔，怒曰：「奴好走，難禁止邪？」乃取兩板，各長數尺，令仲翔立於板，以釘自足背釘之〔一四〕，釘達於木。每役使，常帶二木行，夜則納地檻中，親自鏁閉。仲翔二足，經數年瘡方愈。木鏁地檻，如此七年。仲翔初不堪其憂。保安之使人往贖也，初得仲翔之首主，

展轉爲取之，故仲翔得歸焉。（《太平廣記》卷一六六《氣義一》，出《紀聞》）

〔一〕能　《古今説海》説淵部別傳四《吴保安傳》、《逸史搜奇》乙集三《吴保安》作「賢」。

〔二〕唯　《説海》、《逸史搜奇》作「幸」，義同。

〔三〕覆而敗之　明冰華居士《合刻三志》志奇類、《五朝小説・唐人百家小説》、自好子《剪燈叢話》卷七、清蓮塘居士《唐人説薈》第十集《奇男子傳》（僞署唐許棠）作「反爲所敗」。

〔四〕人　《四庫》本《説海》、《唐人説薈》下有「絹」字。按：下文云「求絹千匹」。

〔五〕滂沱　原作「滿池」，據《説海》、《逸史搜奇》改。按：「滂沱」與上文「艱苦」相對。

〔六〕遲遺　「遲」字原無，據《説海》、《逸史搜奇》補。《唐人説薈》作「敢」。按：「遲遺」與前文「自後」相對。

〔七〕晏嬰　原作「夷吾」，《四庫》本改作「晏嬰」，《四庫全書考證》卷七二：「『吴保安』條『解晏嬰之驂』，刊本『晏嬰』訛『夷吾』，據《史記》改。」按：「親脱石父，解晏嬰之驂」，事見《晏子春秋》卷五《内篇・雜上》：「晏子之晉，至中牟，睹敝冠、反裘負芻、息于塗側者，以爲君子也，使人問焉曰：『子何爲者也？』對曰：『我越石父者也。』晏子曰：『何爲至此？』曰：『吾爲人臣僕於中牟，見使將歸。』晏子曰：『何爲之僕？』對曰：『不免凍餓之切吾身，是以爲僕也。』晏子曰：『爲僕幾何？』對曰：『三年矣。』晏子曰：『可得贖乎？』對曰：『可。』遂解左驂以贈之，因載而與之俱歸。」《史記》卷六二《管晏列傳》：「晏平仲嬰者，萊之夷維人也。……越石父賢，在縲紲中，晏子出遭之途，解左驂贖之載歸。」夷吾乃管仲，《管晏列傳》：「管仲夷吾者，潁上人也。」疑作者誤記，非傳寫之譌，今姑從《四庫》本改。

〔八〕里　此字原無，據《説海》、《逸史搜奇》補。

〔九〕甘脆　「脆」原作「膳」，據《説海》、《逸史搜奇》改。按：甘脆指奉養父母之食物，《戰國策·韓策二》：「臣有老母，家貧，客游以爲狗屠，可旦夕得甘脆以養親。」

〔一〇〕墓　原作「其」，據《説海》、《逸史搜奇》改。

〔一一〕載　原作「年」，《説海》、《逸史搜奇》作「載」。按：《舊唐書》卷九《玄宗紀下》：「（天寶）三載正月，丙辰朔，改年爲載。」據《説海》等改。

〔一二〕首　《説海》、《逸史搜奇》作「酋」。

〔一三〕其主　《説海》、《逸史搜奇》作「之」。

〔一四〕以釘自足背釘之　「自」原作「其」，汪校本據明鈔本改作「自」。《説海》、《逸史搜奇》亦作「自」。《四庫》本改作「貫」，《四庫全書考證》卷七二：「『以釘貫足背釘之』，刊本『貫』訛『其』，今改。」乃妄改。《合刻三志》、《唐人百家小説》、《剪燈叢話》、《唐人説薈》作「以釘釘其足背」。

按：《全唐文》卷三五八收吴保安《與郭仲翔書》、郭仲翔《與吴保安書》，全據《廣記》。《新唐書》卷一九一《忠義傳·吴保安傳》據《紀聞》載其事略。

蘇無名

天后時，嘗賜太平公主細器〔一〕寶物兩食合，所直黄金千鎰，公主納之藏中。歲餘取之，盡爲盜所將矣。公主言之，天后大怒，召洛州長史〔二〕，謂曰：「三日不得盜，罪。」長史懼，謂兩縣主盜官曰：「兩日不得賊，死。」尉謂吏卒游徼曰：「一日必擒之，擒不得，先〔三〕死。」吏卒游徼懼，計無所出。衢中遇湖州别駕蘇無名，相與請之至縣。游徼白尉：「得盜物者來矣。」無名遽進，至階，尉迎。問故，無名曰：「吾湖州别駕也，入計在兹。」尉呼〔四〕吏卒：「何誣辱别駕！」無名笑曰：「君無怒吏卒，抑〔五〕有由也。無名歷官所在，擒姦擿伏有名，每偷〔六〕，至無名前無得過者。此輩應先聞，故將來，庶解圍耳〔七〕。」尉喜，請其方。無名曰：「與君至府，君可先入白之。」尉白其故，長史大悦，降階執其手曰：「今日遇公，却賜吾命〔八〕。請遂其由〔九〕。」無名曰：「請與君求見對玉階。」乃言之〔一〇〕。

於是天后召之，謂曰：「卿得賊乎？」無名曰：「若委臣取賊，無拘日月。且寬府縣，令不追求。仍以兩縣擒盜吏卒，盡以付臣。臣爲陛下取之，亦不出數十日耳〔一一〕。」天后許之。無名戒吏卒，緩賊〔一二〕相聞。月餘，值寒食。無名盡召吏卒，約曰：「十人五人爲侣，於東門北門〔一三〕伺之。見有胡人與黨十餘，皆衣縗絰，相隨出赴北邙者，可踵之而報。」吏卒伺之，果得，馳白無名。往視之，問伺者：「諸胡何若〔一四〕？」伺者曰：「胡至一新塚設奠，哭而不哀。一撤奠〔一五〕，即巡行塚旁，相視而笑。」無名喜曰：「得之矣。」因使吏卒盡執諸胡，而發其塚。塚開，割棺視之，棺中盡寶物也。

奏之，天后問無名：「卿何才智過人，而得此盜〔一六〕？」對曰：「臣非有他計，但識盜耳。當臣到都之日，即此胡出葬之時。臣一〔一七〕見即知是偷，但不知其葬物處。今寒節〔一八〕拜掃，計必出城，尋其所之，足知其墓。賊既設奠而哭不哀，明所葬非人也。奠而哭畢，巡塚相視而笑，喜墓無損傷也。向若陛下迫促府縣，此賊計急，必取之而逃。今者更不追求，自然意緩，故未將出。」天后曰：「善。」賜金帛，加秩二等。（《太平廣記》卷一七一《精察一》，出《紀聞》）

〔一〕細器　五代後晉和凝《疑獄集》卷三《無名識盜葬》作「鈿合」，南宋桂萬榮《棠陰比事》卷下《無名破冢》作「鈿器」。

〔二〕洛州長史　《疑獄集》作「洛陽長吏」。下文「長史」亦作「長吏」。按：《新唐書》卷三八《地理志二》：「河南府河南郡，本洛州，開元元年爲府。」河南府治河南、洛陽二縣。《新唐書》卷四九下《百官志四下》：「上州……長史一人，從五品上。」《疑獄集》誤。

〔三〕先　《疑獄集》作「必」。

〔四〕呼　《疑獄集》作「怒」，《棠陰比事》作「問」。

〔五〕抑　《疑獄集》作「亦」。

〔六〕每偷　《疑獄集》作「每有盜者」。

〔七〕故將來庶解圍耳　《疑獄集》作「故見請，爲解危耳」。

〔八〕却賜吾命　《疑獄集》作「吾當復生矣」。

〔九〕請遂其由　《四庫》本「遂」作「道」。《太平廣記鈔》卷二三作「遂請其由」。按：遂，申明。《國語·晉語八》：「是遂威而遠權，民畏其威而懷其德，莫能弗從。」韋昭注：「遂，申也。」《疑獄集》作「指迷其由」。

〔一〇〕請與君求見對玉階乃言之　《疑獄集》作「請君聞於天后。長吏由是奏之」。

〔一一〕亦不出數十日耳　《疑獄集》作「亦不過數日矣」。南宋鄭克《折獄龜鑑》卷七《蘇無名》亦作「數日」。

〔一二〕賊　原作「則」，疑誤，姑據《廣記鈔》改。

〔一三〕北門　《疑獄集》無此二字。按：洛陽城東北邙山，乃葬地。

〔一四〕諸胡何若　《疑獄集》作「胡何向」。何若，如何。

〔一五〕一撤奠　「一」原作「亦」，據《四庫》本改。《廣記鈔》、《疑獄集》、明彭大翼《山堂肆考》卷九〇

《寬限得賊》作「徹奠」，《折獄龜鑑》、《棠陰比事》、明馮夢龍編《增廣智囊補》卷一〇《蘇無名》作「既徹奠」。徹，通「撤」。

〔一六〕卿何才智過人而得此盜　《疑獄集》作「汝用何策而得此賊邪」。

〔一七〕一　原作「亦」，據《四庫》本、《廣記鈔》、《山堂肆考》改。

〔一八〕寒節　《折獄龜鑑》、《棠陰比事》作「清明」。寒節，即寒食節。

蘭亭會序

王羲之嘗書《蘭亭會序》。隋末，廣州好事僧得之。僧有三寶，寶而持之。一曰右軍蘭亭書，二曰神龜，以銅爲之，龜腹受一升，以水貯之，龜則動四足行，所在能去。三曰如意。以鐵爲之〔一〕，光明洞徹，色如水晶〔二〕。太宗特〔三〕工書，聞右軍蘭亭真跡，求之得其他本。若第一本，知在廣州僧，而難以力取。故令人詐僧，果得其書。僧曰：「第一寶亡矣，其餘何愛〔四〕！」乃以如意擊石，折而棄之。又投龜，一足傷，自是不能行矣。（《太平廣記》卷二〇八《書三》，出《紀聞》）

〔一〕之　原譌作「文」，據明鈔本、孫校本、《太平廣記詳節》卷一六改。

〔二〕水晶　《詳節》作「水精」。按：水精即水晶。

〔三〕特　孫校本作「時」，疑譌。

〔四〕愛　明鈔本作「用」。

按：此條在《購蘭亭序》（出《法書要録》）後，以「又」字標目，首曰「一説」。今删「一説」二字，擬題《蘭亭會序》。

馬待封

開元初修法駕，東海馬待封，能窮伎巧，於是指南車〔一〕、記里鼓、相風鳥等，待封皆改修，其巧踰於古。待封又爲王皇后〔二〕造粧具，中立鏡臺，臺下兩層，皆有門户。后將櫛沐，啓鏡奩後，臺下門開〔三〕，有木婦人手執巾櫛至，后取已，木人即還。至於面脂粧粉，眉黛髻花，應所用物，皆木人執，繼至，取畢即還〔四〕，門户復閉。如是供給皆木人〔五〕。后既粧罷，諸門皆闔，乃持去。其粧臺金銀彩畫，木婦人衣服裝飾，窮極精妙焉。待封既造鹵簿，又爲帝后〔六〕造粧臺，如是數年，敕但給其用，竟不拜官。待封耻之，又奏請造欹器、酒山、撲滿等物，許之。皆以白銀造作。其酒山、撲滿中，機關運〔七〕動。或四面開定，以納風氣，風氣轉動，有陰陽向背，則使其外泉流吐納，以挹杯斝。酒使出入，皆若自然，巧踰造化矣。既成奏之，即屬宫中有事，竟不召見。

待封恨其數奇，於是變姓名，隱於西河山中。至開元末，待封從晉州來，自稱道者吳賜也，常絶粒。與霍邑〔八〕令李勁造酒山、樸滿、欹器等。酒山立於盤中〔九〕，其盤徑四尺五寸，下有大龜承盤，機運皆在龜腹内。盤中立山，山高三尺〔一〇〕，峰巒殊妙。盤以木爲之，布漆其外。龜及山皆漆布脱空，彩畫其外。山中虚，受酒三斗。繞山皆列酒池，池外復有山圍之。池中盡生荷，花及葉皆鍛鐵爲之。花開葉舒，以代盤葉〔一一〕，設脯醢珍果佐酒之物於花葉中。山南半腹有龍，藏半身於山，開口吐酒，龍下大荷葉中，有杯承之。盃受四合，龍吐酒八分而止。當飲者即取之，飲酒若遲，山頂有重閣，閣門即開，有催酒人具衣冠執板而出，於是歸盞於葉，龍復注之酒，使乃還，閣門即閉。如復遲者，使出如初。直至終宴，終無差失。山四面，東西皆有龍吐酒，雖覆酒於池，池内有穴，潛引池中酒納於山中。比席闌終飲，池中酒亦無遺矣。欹器二，在酒山左右。龍注酒其中，虚則欹，中則平，滿則覆，則魯廟所謂侑坐之器也，君子以誡盈滿，孔子觀之以誡焉。杜預造欹器不成，前史所載。若吴賜也，造之如常器耳。（《太平廣記》卷二二六《伎巧二》，出《紀聞》）

〔一〕指南車　明鈔本、孫校本「指」作「司」。按：晉崔豹《古今注》卷上《輿服》：「大駕指南車，起於黄帝。」《晉書》卷二五《輿服志》：「司南車，一名指南車。」

〔二〕王皇后　原無「王」字，據明鈔本、孫校本、《永樂大典》卷二六〇五《鏡臺》引《太平廣記》補。

按：《新唐書》卷七六《后妃傳上》：「玄宗皇后王氏，同州下邽人，梁冀州刺史神念之裔孫。帝爲臨淄王，聘爲妃。……先天元年，立爲皇后。……開元十二年……廢爲庶人。……未幾卒，以一品禮葬。……寶應元年，追復后號。」

〔三〕門開　原作「開門」，據明鈔本、孫校本、《大典》改。

〔四〕繼至取畢即還　明徐應秋《玉芝堂談薈》卷二六《古今巧藝》引《朝野僉載》（按：出處誤）作「相繼而至，亦取畢即還」。

〔五〕人　明鈔本、孫校本作「婦人」。

〔六〕帝后　原作「后帝」，據《四庫》本改。

〔七〕運　明鈔本、孫校本作「連」。

〔八〕霍邑　原譌作「崔邑」。按：唐無崔邑縣。檢《新唐書》卷三九《地理志三》，河東道晉州平陽郡有霍邑縣。馬待封從晉州來，則其爲「崔邑」令李勁造酒山等，蓋叙晉州時事，「崔邑」必是「霍邑」之譌，形相似也。今改。

〔九〕中　孫校本作「口」。

〔一〇〕盤中立山山高三尺　孫校本作「盤中岳山高三尺」。

〔一一〕葉　《四庫》本改作「楪」，同「碟」。按：葉似指葉狀淺碟。

隋主

貞觀初，天下乂安，百姓富贍，公私少事。時屬除夜，太宗盛〔一〕飾宮掖，明設燈燭，殿内諸房，莫不綺麗。后妃嬪御皆盛衣服，金翠焕爛。設庭燎於階下，其明如晝。盛奏歌樂，乃延蕭后與同觀之。樂闋，帝謂蕭曰：「朕施設，孰與〔二〕隋主？」蕭后笑而不答。固問之，后曰：「彼乃亡國之君，陛下開基之主，奢儉之事，固不同矣〔三〕。」帝曰：「隋主何如？」蕭〔四〕后曰：「隋主享國十有餘年，妾常侍從，見其淫侈。隋主每一除夜〔五〕，至及歲夜爲一除〔六〕。殿前諸院，設火山數十，盡沉香木根也。每一山焚沉香數車，火光暗，則以甲煎沃之，焰起數丈。沉香、甲煎之香，旁聞數十里。一夜之中，則用沉香二百餘乘，甲煎過〔七〕二百石。又殿内房中不然膏火，懸火〔八〕珠一百二十以照之，光比白日。又有明月寶、夜光珠，大者六七寸，小者猶三寸，一珠之價，直數千萬。妾觀陛下所施，都無此物。殿前所焚，盡是柴木。殿内所燭，皆是膏油。但乍〔九〕覺煙氣薰人，實未見其華麗。然亡國之事，亦願陛下遠之。」太宗良久不言，口刺其奢，而心服其盛〔一〇〕。（《太平廣記》卷二三六《奢侈一》，出《紀聞》）

〔一〕盛　孫校本作「甚」。

〔二〕與　南宋陳元靚《歲時廣記》卷四〇《設火山》引《紀聞》作「愈」。
〔三〕矣　《太平廣記詳節》卷一八、《歲時廣記》作「年」。
〔四〕蕭　此字原無，據《詳節》、《歲時廣記》、北宋孔平仲《續世説》卷九《汰侈》補。
〔五〕二除夜　「二」原作「當」，據《詳節》、《歲時廣記》、《王荆公詩箋註》卷四六《題景德寺試院壁》南宋李壁注引《廣記》改。
〔六〕至及歲夜爲二除　「爲二除」三字原無，據《王荆公詩箋註》補。按：除夕及元日夜爲二除。《四庫》本爲正文，作「至歲夜」。
〔七〕過　此字原無，據明鈔本、《詳節》、《歲時廣記》、南宋祝穆《古今事文類聚》前集卷一二《設火山》引《紀聞》補。
〔八〕火　原作「大」，據明鈔本、《詳節》改。
〔九〕乍　《詳節》、《續世説》無此字。乍，忽也。
〔一〇〕盛　明鈔本、《詳節》作「實」。
按：此條接《隋煬帝》（出《朝野僉載》）後，以「又」字連屬，今删，擬題《隋主》。

張長史

臨濟令李回，妻張氏，其父爲廬州長史〔一〕，告老歸。以回之薄其女也，故往臨濟辱之。

誤至全節縣，而問門人曰：「明府在乎？」門者曰：「在。」張遂入，至廳前大罵辱。全節令趙子餘不知其故，私自門窺之，見一老父詬罵不已。而縣下常有狐爲魅，以張爲狐焉，乃密召吏人執而鞭之。張亦未寤，罵仍恣肆。擊〔二〕之困極，方問何人，輒此詬罵。乃自言：「吾李回妻父也。回賤吾女，來怒回耳。」全節令方知其誤，寘之館，給醫藥焉。張之僮夜亡至臨濟，告回。回大怒，遣人吏數百，將襲全節而擊令。令懼，閉門守之。回遂至郡訴之，太守召令責之，恕其誤也。使出錢二十萬，遺張長史以和之。回乃迎至縣。張喜回之報復，卒不言其薄女，遂歸。（《太平廣記》卷二四二《謬誤》，出《紀聞》）

〔一〕史　孫校本作「吏」，下同。

〔二〕擊　孫校本作「繫」。

張守信

張守信爲餘杭太守，善富陽尉張瑤，每〔一〕假借之。瑤不知其故，則〔二〕使録事參軍張遇達意於瑤，將妻之以女，瑤喜。吉期有日矣，然私相聞也，郡縣未知之。守信爲女具衣裝，女之保母問曰：「欲以女適何人？」守信以告。保母曰：「女壻姓張，不知主君之女何姓，吾竊惑焉。」守信乃悟，亟止之。（《太平廣記》卷二四二《遺忘》，出《紀聞》）

〔一〕每　此字原無，據明許自昌《捧腹編》卷二引《紀聞録》（題《不知主君女何姓》）補。

〔二〕則　《捧腹編》作「信」。

李晛

殿中侍御史李逢年〔一〕，自左遷後，稍進漢州雒縣令〔二〕。逢年有吏才，蜀之採訪使常委以推按焉。逢年妻，中丞鄭昉之女也。情志不合，去之。及在蜀城，謂益府户曹李晛曰：「逢年家無内主，濩落難堪，兒女長成，理須婚娶。弟既相狎，幸爲逢年求一妻焉。此都官寮女之與妹，縱再醮者，亦可論之，幸留意焉。」晛曰：「諾。」復又訪之於晛，晛率略人也，乃造逢年曰：「兵曹李札〔三〕，甚名家也。札妹甚美，聞於蜀城。曾適元氏，其夫尋卒，資裝亦厚，從婢且二十人，兄能娶之乎？」逢年許之，令晛報李札。札自造逢年謝。明日，請至宅。其夜，逢年喜，寢未曙而興，嚴飾畢，顧步階除而獨言曰：「李札之妹，門地若斯，雖曾適人，年幼且美，家又富貴，何幸如之！」言再三，忽驚難曰：「李晛過矣，又誤於人。今所論親，爲復何姓？怪哉！」因策馬到府庭。李晛進曰：「兄今日過札妹乎？」逢年不應。晛曰：「事變矣。」逢年曰：「君思札妹乎？爲復何姓？」晛驚而退。遇李札，札曰：「侍御今日見過乎？已爲地矣。」晛曰：「吾大誤耳，但知求好壻，都不思其姓氏。」札大

驚，惋恨之。（《太平廣記》卷二四二《遺忘》，出《紀聞》）

〔一〕李逢年　《四庫》本「逄」作「逢」。按：《册府元龜》卷六二五《卿監部·貪冒》載：「李逄年，肅宗時爲司農卿，貪冒黷貨。上元元年九月，勑宜除名，長流嶺南。瀼州百姓，終身勿齒。」作「逄」誤。

〔二〕雒縣令　《捧腹編》卷二引《紀聞録》（題《都不思姓氏》）作「洛陽令」，誤。按：漢州治所爲雒縣，見《新唐書》卷四二《地理志六》。

〔三〕札　《捧腹編》、明馮夢龍《古今譚概》謬誤部《同姓議婚》作「扎」，下同。

紀聞卷六

張藏用

青州臨朐丞張藏用，性既魯鈍，又弱於神。嘗召一木匠，十召不至，藏用大怒，使擒〔一〕之。匠既到，適會鄰縣令使人送書遺藏用，藏用方怒解，木匠又走。讀書畢，便令剥送書者，笞之至十。送書人謝杖，請曰：「某爲明府送書，縱書人之意忤明府〔二〕，使者何罪？」藏用乃知其誤，謝曰：「適怒匠人，不意誤笞君耳。」命里正取飲〔三〕一器，以飲送書人，而别更視事。忽見里正，指酒問曰：「此中何物？」里正曰：「酒。」藏用曰：「何妨飲之。」里正拜而飲之，藏用遂入户。送書者竟〔四〕不得酒，扶杖而歸。（《太平廣記》卷二四二《遺忘》，出《紀聞》）

〔一〕擒　孫校本作「搶」。

〔二〕縱書人之意忤明府　孫校本作「縱書中意在明府」，《捧腹編》卷二引《紀聞録》（題《誤笞送書人》）作「縱書中意忤明府」。

〔三〕飲　《捧腹編》、明錢希言《戲瑕》卷三引《紀聞》作「酒」。

〔四〕竟 《捧腹編》作「更」。

李邕

江夏李邕之爲海州也，日本國使至海州，凡五百人，載國信〔一〕，有十船，珍貨直〔二〕數百萬。邕見之，舍於館，厚給所須，禁其出入。夜中，盡取所載而沉其船。既明，諷所管〔三〕人白云：「昨夜海潮大至，日本國船盡漂失，不知所在。」於是以其事奏之。敕下邕，令造船十艘。善水者五百人，送日本使至其國。邕既具舟及水工，使者將〔四〕發，水工辭邕，邕曰：「日本路遥，海中風浪，安能却返？前路任汝便宜從事。」送人喜。行數日，知其無備，夜盡殺之，遂歸。邕又好客，養亡命數百人，所在攻劫，事露則殺之。後竟不得死〔五〕，且坐酷濫也。（《太平廣記》卷二四三《貪》，出《紀聞》）

〔一〕信 明鈔本作「使」。信，使者。
〔二〕直 此字原無。據《太平廣記詳節》卷二〇補。直，值也。
〔三〕管 原作「館」，據《詳節》改。
〔四〕將 原作「未」，據《詳節》改。
〔五〕不得死 《四庫》本作「不得其死」。按：不得死，謂不得好死。《新唐書》卷一〇三《韋雲起傳》：「韋生識悟，富貴可自致。然疾惡甚，恐不得死。」韋雲起乃李建成黨，被殺。《舊唐書》卷一九〇中《文苑傳中·李邕傳》載：「天寶初，爲汲郡、北海二太守。邕性豪侈，不拘細行，所在縱求財貨，馳獵自恣。五載，姦贓事發。……敕刑部員外郎祁順之、監察御史羅希奭馳往，就郡決殺之。」

牛應貞

牛肅長女曰應貞〔一〕，適弘農楊唐源。少而聰穎，經耳必誦。年十三，凡誦佛經二〔二〕百餘卷，儒書子史又數百餘〔三〕卷，親族驚異之。初，應貞未讀《左傳》，方擬授之，而夜初眠中，忽誦《春秋》。起「惠公元妃孟子卒」，終「智伯貪而愎〔四〕，故韓魏反而喪之」，凡三十卷，一字無遺，天曉而畢。當誦時，若有教之者，或相酬和。其父驚駭，數呼之，都不答。誦已而覺，問何故，亦不知。試令開卷，則已精熟矣。問無〔五〕不答，著文章百餘首。後遂學窮三教，博涉多能。每夜中眠熟，與人談論〔六〕，往來答難，或稱王弼、鄭玄、王衍、陸機，辯論鋒〔七〕起。或與文人論文，皆古之知名者〔八〕。或論文章，談名理，往往十〔九〕數夜不已。年二十四而卒。

今採其文《魍魎問影賦》著于篇。其序曰：「庚辰歲，予嬰沈痛〔一〇〕之疾，不起者十旬。

毁頓精神，羸悴形體。藥物救療，有加無瘳。感《莊子》有魍魎責影之義，故假之爲賦，庶解疾焉。」「魍魎問於予影曰：『君英達之人，聰明之子，學包六藝，文兼百氏。𧷢道家之秘言，探釋部之幽旨。既虔恭於中饋，又希慕於前史。不矯性〔一一〕以干名，不毁物而成己。伊淑德之如此，即精神之足恃〔一二〕。何故羸厥姿貌，沮其精神，煩寃枕席，憔悴衣巾？子惟形兮是寄，形與子兮相親。何不誨之以崇德，而教之以自倫？異萊妻之樂道，殊鴻婦之安貧。豈痼疾而無生賴，將微賤而欲忘身？今節變歲移，臘終春首。照晴光於郊甸，動暄氣於梅柳。水〔一三〕解凍而繞軒，風扇和而入牖。固可蠲憂釋疾，怡神養壽。何默爾無營，自貽伊咎？』僕於是勃然而應曰：『子居於無人之域，遊乎魑魅之鄉。形既圖於夏鼎，名又著於蒙莊。何所見之非〔一四〕博？何所談之不長？夫影依日而生，像〔一五〕因人而見。豈言談之足〔一六〕曉？何節物之能辨？隨晦明以興滅，逐形骸以遷變。以愚夫畏影，而蒙鄙之性以彰；智者視陰，而遲暮之心可見。伊美惡兮由己，影何辜而遇譴？且予聞至道之精窈兮〔一七〕冥，至道之極昏兮默。達人委性命之修短，君子任時運之通塞。悔吝不能纏，榮耀不能惑。喪之不以爲喪，得之不以爲得。子〔一八〕何乃怒予之不賞芳春，責予之不貴華飾？且吾之秉操，奚子智之能測？』言未卒，魍魎惕然而驚，欻爾而起〔一九〕曰：『僕生於絶域之外，長於荒遐之境。未曉智者之處身，是以造君而問影。既談玄之至妙，請終身以藏屏。』」

初，應貞夢裂書而食之，每夢食數十卷，則文體一變。如是非一，遂工[二〇]爲賦頌。文名曰遺芳。（《太平廣記》卷二七一《才婦》，出《記聞》，《太平廣記詳節》卷二三作《紀聞》）

〔一〕貞　《詳節》作「真」，下同。按：宋仁宗名禎，疑宋人避諱改。

〔二〕二　原作「三」，查談本、黄本、《四庫》本、《筆記小説大觀》本及《緑窗女史》卷一四著撰部序傳、《五朝小説·唐人百家小説》傳奇家、《唐人説薈》第十一集、清馬俊良《龍威秘書》四集《晉唐小説暢觀》、顧之逵《藝苑捃華》、《全唐文》卷九八所收題唐宋若昭《牛應貞傳》皆作「二」，今改。《詳節》作「一」。

〔三〕餘　《詳節》無此字。

〔四〕愎　原作「復」，據《四庫》本、《筆記小説大觀》本、《詳節》、《唐人説薈》、《龍威秘書》、《藝苑捃華》及《全唐文》改。按：《左傳》哀公二十七年作「愎」。

〔五〕無　此字原脱，據《詳節》補。

〔六〕與人談論　原作「與文人談論文，皆古之知名者」，與後文重複，衍文也，據《詳節》删改。

〔七〕鋒　原作「烽」，據《四庫》本、《筆記小説大觀》本、《詳節》、《緑窗女史》、《唐人百家小説》、《唐人説薈》、《龍威秘書》、《藝苑捃華》、《全唐文》改。明鈔本作「蜂」。按：《漢書》卷八五《谷永傳》：「今三年之間，災異鋒起。」

〔八〕或與文人論文皆古之知名者　此十二字明鈔本、孫校本、《四庫》本、《緑窗女史》、《唐人説薈》、《全唐文》删去，而保留前文之「與文人談論文，皆古之知名者」。《詳節》十二字在此處，而無前文十二字。

〔九〕十　此字原無，據明鈔本、《詳節》補。

〔一〇〕痛　《全唐文》卷九四五牛應真《魍魎問影賦》作「痼」。

〔一一〕性　原謁作「枉」，據明鈔本、《詳節》、《全唐文》改。按：「性」與下句「物」相對。

〔一二〕即精神之足恃　《全唐文》「即」作「良」。《詳節》作「良形神之足恃」。

〔一三〕水　孫校本作「冰」。按：《詳節》、《全唐文》亦作「水」。

〔一四〕非　原作「不」，據明鈔本、孫校本、《詳節》、《全唐文》改。

〔一五〕像　明鈔本作「儀」。

〔一六〕足　明鈔本作「定」。

〔一七〕兮　明鈔本作「者」。

〔一八〕子　原作「君子」，據《詳節》删「君」字。

〔一九〕欻爾而起　原作「歎而起」，據《詳節》、《全唐文》改。明鈔本作「欻爾起」。

〔二〇〕工　《詳節》作「大」。

按：《廣記》所引題《牛肅女》，今改題《牛應貞》。

北山道者

張守珪之鎮范陽，檀州密雲令有女，年十七，姿色絶人。女病踰年，醫不愈。密雲北山中有道者，衣黄衣，在山數百年，稱有道術。令自至山請之。道人既至，與之方，女病立已。令喜，厚其貨財。居月餘，女夜卧，有人與之寢而私焉。其人每至，女則昏魘。及明人去，女復如常。如是數夕〔一〕。女懼告母，母以告令，乃移牀近己，夜而伺之。覺牀動，掩焉，擒一人。遽命燈至，乃北山道者。令縛而訊之，道者泣曰：「吾命當終，被惑乃爾。吾居北山六百餘載，未常〔二〕到人間，吾今垂千歲矣。昨蒙召殷勤，所以到縣。及見公女，意大悦之，自抑不可，於是往來。吾有道術，常晝日〔三〕能隱其形，所以家人不見。今遇此厄，夫復何言！」令竟殺之。（《太平廣記》卷二八五《幻術二》，出《紀聞》）

〔一〕夕　明鈔本作「次」。

〔二〕未常　明鈔本、黄本、《四庫》本、《筆記小説大觀》本及《廣豔異編》卷一四幻術部一《北山道者》作「未嘗」。常，通「嘗」。

〔三〕日　《廣豔異編》作「夜」。

聖姑

吴興郡界首有洞庭山，山中聖姑祠廟在焉。《吴志》曰：「姑姓李氏，有道術，能履水行。其夫怒而殺之。」自死至今，向七百歲，而顔貌如生，儼然側卧。遠近祈禱者，心至則能到廟。心若不至，風迴其船，無得達者。今每月一日〔一〕沐浴，爲除爪甲，傅妝粉〔二〕。其形質柔弱，只如寢者〔三〕。蓋得道者〔四〕歟？（《太平廣記》卷二九三《神三》，出《紀聞》）

〔一〕每月一日　南宋范成大《吴郡志》卷一二《祠廟》引《紀聞》作「每一日」，鄭虎臣《吴都文粹》卷三引《紀聞》作「每日一」，疑誤。

〔二〕傅妝粉　原作「每日粧飾之」，據《吴郡志》、《吴都文粹》改。

〔三〕寢者　《吴郡志》、《吴都文粹》作「熟睡」。

〔四〕者　此字原無，據《吴郡志》、《吴都文粹》補。

食羊人

開元末，有人好食羊頭者。常〔一〕晨出，有怪在門焉，羊頭人身，衣冠甚偉。告其人曰：「吾未〔二〕之神也，其屬在羊。吾以汝好食羊頭，故來求〔三〕汝。輟食則已，若不爾，吾

將殺汝〔四〕。」其人大懼，遂不復食。（《太平廣記》卷三〇一《神十一》，出《紀聞》）

〔一〕常　明鈔本、明陳耀文《天中記》五四《食頭》引《紀聞》及南宋魯應龍《閑窗括異志》作「嘗」。常，通「嘗」。

〔二〕未　《閑窗括異志》作「未位」。

〔三〕求　《閑窗括異志》作「取」。

〔四〕汝　原作「之」，據明鈔本、《天中記》及北宋錢易《南部新書》庚卷、《閑窗括異志》改。

韓光祚

桃林令韓光祚，攜家之官。途經華山廟，下車謁之。入廟門，而愛妾暴死。令巫請之，巫言：「三郎好〔一〕汝妾，既請且免，至縣當取。」光祚至縣，乃召〔二〕金工，爲妾鑄金爲觀世音菩薩像，然不之告。五日，妾暴卒。半日方活，云：「適華山府君，備車騎見迎。出門，有一僧，金色，遮其前，車騎不敢過。神曰：『且留，更三日迎之。』」光祚知其故，又以錢一〔三〕千圖菩薩像。如期又死，有頃乃蘇曰：「適又見迎，乃有二僧在門〔四〕。未及登車，神曰：『未可取，更三日取之。』」光祚又以千錢召金工，令更造像。工以錢出縣，遇人執猪，將烹之。工愍焉，盡以其錢贖之，像未之造也。而妾又死，俄即蘇曰：「已免矣。適又見迎，車騎轉盛。二僧守其門，不得入。有豪猪大如馬，衝其騎，所向顛仆，車騎却走。神傳言曰：『更勿取之。』於是散去。」光祚怪何得有猪拒之，金工乃言其故。由是益〔五〕信內教。（《太平廣記》卷三〇三《神十三》，出《紀聞》）

〔一〕好　黄本、《筆記小説大觀》本作「愛」。

〔二〕召　《錢通》卷一四《檀施》引《紀聞》作「密召」。

〔三〕一　《錢通》作「十」。

〔四〕門　此字原無，據明鈔本補。

〔五〕益　原作「蓋」，據孫校本、《錢通》改。明鈔本作「增」。

宣州司户

吴俗〔一〕畏鬼，每州縣必有城隍神〔二〕。開元末，宣州司户卒，引見城隍神。神所居重深，殿宇崇峻，侍衛甲仗嚴肅。司户既入，府君問其生平行事。司户自陳無罪，枉見録。府君曰：「然，當令君去。君頗相識否？」司户曰：「鄙人賤陋，實未識。」府君曰：「吾即晉宣城内史桓彝也，爲是神管郡耳。」司户既蘇言之。（《太平廣記》卷三〇三《神十三》，出《紀聞》）

〔一〕俗　陳校本作「族」。

〔二〕神　《四庫》本作「廟」。

明崇儼

正諫大夫明崇儼，少時，父爲縣令。縣之門卒有道術，儼求教〔一〕，教以見鬼方，兼役使之法。遺書兩卷，儼閲之，書人名也。儼于野外獨〔二〕處，按而呼之，皆應曰：「唯。」見數百人。於是每須役使，則呼其名，無不立至者。儼嘗行，見名流將合祔二親者，輀車已出郊。儼隨而行，召其家人謂曰：「汝主君合葬二親乎？」曰：「然。」曰：「汝取靈柩，得無誤發他人冢乎？」曰：「無。」儼曰：「吾前見紫車，後有夫人，年五十餘，長大，名家婦也。而後有一鬼，年甚壯，寡髮弊衣，距躍大喜，而隨夫人。夫人泣而怒曰：『合葬何謂也？』汝試以吾言白汝主君，云明正諫有言如此。」祔親者〔三〕聞之大驚，泣而謂儼曰：「吾幼失父，昨還葬，決老豎取之，不知乃誤如此。」崇儼乃與至發墓所，命開近西境，按銘記，果得之。乃棄他人之骨，而祔其先人。儼在內言事及人間厭勝至多，備述人〔四〕口，故不繁述。（《太平廣記》卷三二八《鬼十三》，出《紀聞》）

〔一〕求教　孫校本、陳校本作「清閑」。

〔二〕獨　孫校本、陳校本作「屏」。

〔三〕祔親者　陳校本作「主者」。

〔四〕人　陳校本作「世」。

巴峽人

調露年中〔一〕，有人行於巴峽。夜泊舟，忽聞有人朗詠詩曰：「秋逕填黄葉，寒摧〔二〕露草根。猿聲一叫斷，客淚數重痕〔三〕。」其音甚厲〔四〕，激昂而悲。如是通宵，凡吟數十遍〔五〕。初聞，以爲舟行者〔六〕，未之寢也。曉訪之，而更無舟船。但空山石泉〔七〕，谿谷幽絶，詠詩處有人骨一具〔八〕。（《太平廣記》卷三二八《鬼十三》，出《紀聞》）

〔一〕調露年中　北宋張君房《縉紳脞説》（南宋曾慥《類説》卷五〇、北宋阮閲《詩話總龜》前集卷四八引《脞説後集》、明梅鼎祚《才鬼記》卷三《巴峽人》附録引《縉紳脞説》）作「建隆初」，誤。按：建隆乃宋太祖趙匡胤年號，調露乃唐高宗年號。

〔二〕寒摧　《四庫》本「摧」作「催」，誤。南宋洪邁《萬首唐人絶句》卷二二一（五言）巴峽人《夜吟》作「崖」。《縉紳脞説》作「懸崖」。

〔三〕客淚數重痕　《詩話總龜》、《才鬼記》作「客旅數重魂」。

〔四〕其音甚厲　「厲」孫校本作「屬」。屬，連屬。《詩話總龜》、《才鬼記》作「其音苦切」。

〔五〕數十遍《類説》作「百過」，《詩話總龜》、《才鬼記》作「百遍」。

〔六〕初聞以爲舟行者　《詩話總龜》、《才鬼記》作「初疑舟行秀士也」，疑爲張君房《脞説》所改。

〔七〕石泉　孫校本、陳校本「泉」作「林」。《詩話總龜》、《才鬼記》作「邃林」。

〔八〕詠詩處有人骨一具　《詩話總龜》、《才鬼記》作「沿岍尋訪，數處有二脚迹，長二尺許」，亦爲所改。

相州刺史

魯王道堅〔一〕爲相州刺史，州人造板籍，畢則失之。後于州室梁間散得之，籍皆中截爲短卷，遂不用〔二〕矣，棄之。又有李使君在州，明早將祀社〔三〕，夜潔齋，卧于廳事。夢其父母盡來迎己，覺而惡之，具告其妻。因疾，數日卒。朱希玉爲刺史，宅西院恒閉之。希玉退衙，忽一人紫服〔四〕，戴高鬟，乘馬直入，二蒼頭亦乘，導之，至閤乃下。直吏以爲親姻家通信也，從而視之，其人〔五〕正服徐行，直入中院。院門爲之開，入已復閉。乃索蒼頭及馬，皆無之。走白希玉，希玉命開中院，但見四週除掃甚潔，帳幄圍〔六〕匝，施設粲然，華筵廣座，餚饌窮極水陸，數十人食具器物，盡金銀也。希玉見之大驚，乃酌酒酹之，以祈福。

遂出〔七〕，閉其門，明日更開，則如舊矣，室宇封閉，草蔓荒凉。一年而希玉卒。（《太平廣記》卷三二九《鬼十四》，出《紀聞》）

〔一〕魯王道堅　「魯」原作「唐」，據孫校本改。按：《舊唐書》卷六四《魯王靈夔》傳載，魯王李靈夔次子李藹，封范陽王，藹子道堅，爲嗣魯王。《廣記》談本誤「魯」爲「唐」，以爲朝代，而以王爲姓。

〔二〕用　孫校本、陳校本作「任」。

〔三〕祀社　陳校本作「祠社」，《永樂大典》卷一三一三五引《太平廣記》（題《夢父母來迎》）作「祠祭」。

〔四〕忽一人紫服　孫校本、陳校本作「有青衣紫服」。

〔五〕其人　孫校本、陳校本作「青衣」。

〔六〕圍　孫校本作「帷」。帷，以帷遮蔽。

〔七〕遂出　孫校本作「遠遽出」，陳校本作「遽出」。

僧韜光

青龍寺僧和衆、韜光，相與友善。韜光富平人，將歸，謂和衆曰：「吾三數月不離家，師若行，必訪我。」和衆許之。逾兩月餘，和衆往中都，道出富平，因尋韜光。和衆日暮至，離居尚遠，而韜光來迎之，曰：「勞師相尋，故來迎候。」與行里餘，將到家，謂和衆曰：「北去即是吾家，師但入須我，我有少務，要至村東，少選當還。」言已東去。和衆怪之，竊言曰：「彼來迎候，何預知也？欲到家捨吾，何無情也？」

至其家扣門，韜光父哭而出，曰：「韜光師不幸，亡來十日，殯在村東北。常言師欲來，恨不奉見。」和衆弔唁畢，父引入，于韜光常所居房舍之。和衆謂韜光父曰：「吾適至村南〔一〕，韜光師自迎吾來，相與談話里餘。欲到，指示吾家而東去，云要至村東，少間當返。吾都不知是鬼，適見父，方知之。」韜光父母驚謂和衆曰：「彼既許來，來當執之，吾欲見也。」於是夜久，韜光復來，入房謂和衆曰：「貧居，客來無以供給。」和衆請同坐，因執之叫呼。其父與家人並至，秉燭照之，形言皆韜光也。納之瓮中，以盆覆之。瓮中忽哀訴曰：「吾非韜光師，乃守墓人也。知師與韜光師善，故假爲之。如不相煩，可恕造次，放吾還也。」其家不開之，瓮中密祈請轉苦。日出後却覆放〔二〕，倏〔三〕如驚飇飛去。而和衆亦還，後不復見焉。（《太平廣記》卷三三〇《鬼十五》，出《紀聞》）

〔一〕南　原作「而」，屬下讀，據孫校本改。
〔二〕放　此字原無，據陳校本補。
〔三〕倏　此字原無，據孫校本、陳校本補。

僧儀光

青龍寺禪師儀光，行業至高。開元十五年，有朝士妻喪，請之至家修福。師住其家數日，居于廡前，大申供養。俗每人死謁巫，即言[一]其殺出日，必有妨害，死家多出避之。其夜，朝士家皆出北門潛去，不告師，師但于堂明燈誦[二]經，弟子十二人[三]侍之。夜將半，忽聞堂中人起取衣開門聲，有一婦人出堂，便往廚中營食，汲水吹火。師以爲家人，不之怪也。及將曙，婦人進食，捧盤來前，獨帶面衣，徒跣，再拜言曰：「勞師降臨，今家人總出，恐齋粥失時，弟子故起，爲師造之。」師知是亡人，乃受其獻。方祝，祝未畢，聞開堂北户聲，婦人惶遽[四]曰：「兒子來矣。」因奔赴堂内，則聞哭。哭畢，家人謁師，問安否。見盤中粥，問師曰：「弟子等夜來寔避殃禍，不令師知。家中無人，此粥誰所造？」師笑不答。堂内青衣驚曰：「亡者夜來尸忽横卧[五]，手有麵汙[六]，足又染泥，何謂也？」師乃指所造粥以示之，其[七]家驚異焉。（《太平廣記》卷三三〇《鬼十五》，出《紀聞》）

〔一〕即言　《神僧傳》卷七《儀光》前有「巫」字。
〔二〕誦　孫校本、《神僧傳》作「讀」。
〔三〕弟子十二人　原作「忽見有二人」。據《神僧傳》改。孫校本作「第十二人」，有脱譌。

〔四〕惶遽　《神僧傳》作「速」。
〔五〕夜來尸忽横卧　《神僧傳》作「夜何故横卧」。
〔六〕手有麵汙　孫校本「有」作「即」。《神僧傳》作「手即污麫」。
〔七〕其　《神僧傳》作「舉」。

尼員智

廣敬寺尼員智，嘗與同侣于終南山中結夏〔一〕。夏夜月明下，有哭而來者，其聲雄大，甚悲。既至，乃一人，長八尺餘，立于廬前，哭〔二〕聲不輟。遂至夜半，聲甚嗚咽，涕淚横流。尼等執心正念，不懼，而哭者竟不言而〔三〕去。（《太平廣記》卷三三〇《鬼十五》，出《紀聞》）

〔一〕終南山中結夏　「中」孫校本、陳校本作「谷」。「夏」《四庫》本作「舍」，《筆記小説大觀》本作「廬」。按：結夏，佛教僧尼自農曆四月十五日起安居寺院九十日，謂之結夏。《臨安府淨慈禪寺語録》：「四月十五日結夏……七月十五日解夏。」四庫館臣不明佛教，妄改也。
〔二〕哭　此字原無，據孫校本補。
〔三〕而　孫校本、陳校本作「還」。

洛陽鬼兵

開元〔一〕二十三年夏六月，帝在東京，百姓相驚以鬼兵，皆奔走，不知所在，或自衝擊破傷。其鬼兵初過於洛水之南，坊市喧喧。漸至水北。聞其過時，空中如數千萬騎甲兵，人馬嘈嘈有聲，俄而過盡。每夜過，至于再，至于三。帝惡之，使巫祝禳厭，每夜於洛水濱設飲食。嘗讀《北齊書》，亦有此事。天寶中，晉陽云有鬼兵，百姓競擊銅鐵以畏之，皆不久喪敗〔二〕也。（《太平廣記》卷三三一《鬼十六》，出《紀聞》）

〔一〕開元　原譌作「貞元」，據黄本、《筆記小説大觀》本改。

〔二〕敗　此字原無，明鈔本補。

紀聞卷七

道德里書生

東都道德里有一書生，日晚行至中橋，遇貴人部從，車馬甚盛。見書生，呼與語，令從後。有貴主，年二十餘，丰姿絶世，與書生語不輟。因而南去長夏門，遂至龍門，入一甲第〔一〕，華堂蘭室。召書生賜珍饌，因與寢。夜過半，書生覺，見所卧處乃石窟，前有一死婦人，身正〔二〕洪漲。月光照之，穢不可聞〔三〕。書生乃履危攀石，僅能出焉。曉至香山寺，爲僧説之。僧送還家，數日而死。（《太平廣記》卷三三一《鬼十六》，出《紀聞》）

〔一〕入一甲第　明鈔本作「入其門，見甲第」。

〔二〕正　原譌作「王」，據明鈔本、孫校本、陳校本、黄本、《四庫》本、《筆記小説大觀》本改。

〔三〕穢不可聞　明鈔本作「腐穢可惡」。

楊溥

豫章諸縣盡出良材，求利者採之，將〔一〕至廣陵，利則數倍。天寶五載，有楊溥者，與數人入林求木。冬夕雪飛，山深寄宿無處。有大木横臥，其中空焉，可容數人，乃入中同宿。而鄉〔二〕導者未眠時，向山林再拜呪曰：「士田公〔三〕，今夜寄眠，願見護助。」如是三請而後寢。夜深雪甚，近南樹下，忽有人呼曰：「張禮。」樹頭〔四〕有人應曰：「諾。」「今夜北村嫁女，大有酒食，相與去來。」樹頭人曰：「有客在此，須守至明。若去，黑狗子無知，恐傷不宥〔五〕。」樹下又曰：「雪寒若是，且求飲食，理須同去。」樹上又曰：「雪寒雖甚，已受其請，理不可行，須防黑狗子。」呼者乃去。及明裝畢，撤所臥氈，有黑虺在下，其大若瓶，長三尺，而蟄〔六〕不動。方驚駭焉。（《太平廣記》卷三三一《鬼十六》，出《紀聞》）

〔一〕將　孫校本作「傳」。

〔二〕鄉　此字原無，據明鈔本補。

〔三〕士田公　明鈔本、陳校本作「出田公」，孫校本作「出由公」，黄本、《四庫》本、《筆記小説大觀》本作「土田公」。

〔四〕頭　明鈔本作「頂」，下同。

〔五〕不宥　明鈔本作「人命」，陳校本作「客」。宥，通「祐」。

〔六〕而蟄　明鈔本作「蟄而」。

薛直

勝州都督薛直，丞相訥〔一〕之子也。好殺伐，不知鬼神。直在州，行縣還歸，去州二驛，逢友人自京來謁。直延入驛廳，命食。友人未食先祭，直曰：「出此食謂何？」友人曰：「佛經云，有曠野鬼，食人血肉，佛往化之，令其不殺，故制此戒。又俗所傳，每食先施〔二〕。得壽長命〔三〕。」直曰：「公大妄誕，何處有佛？何者是鬼？俗人相誑，愚者雷同，智者不惑。公蓋俗人耳。」言未久，空中有聲云：「薛直，汝大狂愚，寧知無佛？寧知無鬼？來禍於君〔四〕，命終〔五〕必不見妻子，當死於此，何言妄耶？」直聞之大驚，趨下再拜，謝曰：「鄙人蒙固，不知有神，神其誨之。」空中又言曰：「汝命盡午時，當急返，得與妻孥相見。不爾，殯越〔六〕于此矣。」直大恐，與友人馳赴郡。行一驛，直入廳休偃。從者皆休，忽見直去，從者百餘人，皆左右從人。驛吏入户，已死矣〔七〕。於是驛報其家。直已先至家，呼妻子〔八〕與别，曰：「吾已死在〔九〕北驛，身在今〔一〇〕是鬼，恐不得面訣，故此暫來。」執妻子之手，但言努力。復乘馬出門，奄然而殁。（《太平廣記》卷三三一《鬼十六》，出《記聞》）

〔一〕訥　原譌作「納」，據《勸善書》卷一五改。按：薛訥，薛仁貴子，玄宗時爲同紫微黄門三品（宰相），見《舊唐書》卷九三本傳。《新唐書》卷七三下《宰相世系表三下》載，玄宗相薛訥次子直，爲綏州刺史。

〔二〕施　陳校本作「祭」。

〔三〕長命　明鈔本、孫校本、《勸善書》作「命長」。

〔四〕來禍於君　明鈔本作「君未晤」。《勸善書》無此句。

〔五〕命終　明鈔本作「命已當終」，《勸善書》作「君命且終」。

〔六〕越　《勸善書》無此字。越，流落。

〔七〕忽見直去從者百餘人皆左右從人驛吏入户已死矣　《勸善書》作「忽夢見直械繫而去，驚覺，入户視之，直已死矣」。

〔八〕妻子　原無「子」字，據明鈔本、孫校本、陳校本、《勸善書》補。按：下文作「妻子」。

〔九〕在　此字原無，據明鈔本、陳校本、《勸善書》補。

〔一〇〕在今　明鈔本、孫校本、《勸善書》無「在」字。在今，現今。南宋王明清《揮麈後録》卷二：「當時爲寄禄官，在今皆太中大夫以上。」周密《癸辛雜識後集·饋送壽物》：「在今觀之，皆不足道。」

劉洪

沛國劉洪，性剛直。父爲折衝都尉，薛楚玉之在范陽，召爲行軍。洪隨之薊，因得給事楚玉，楚玉悦之。楚玉〔一〕補屯官，洪請行。檀州有屯曰太和，任〔二〕者輒死，屯遂荒廢。洪乃請爲之，楚玉以凶難之。洪曰：「妖由人興，妖不自作。洪且不懼，公何惜焉？」楚玉遂以爲太和屯官。

洪將人吏到屯，屯有故墟落，洪依之架屋。匠人方運斧而度，木自折舉，擊匠人立死。洪怒，叱吏卒，扶匠人起而笞之，詢〔三〕曰：「汝是何鬼？吾方治屯，汝則干之，罪死不赦！」笞數發〔四〕，匠人言説〔五〕：「願見寬恕。吾非前後殺屯官者也。殺屯官者，自是輔國將軍，所居去此不遠。吾乃守佛殿基鬼耳。此故墟者，舊佛殿也。以其浄所，故守之。吾昔〔六〕爲人有罪，配守此基。基與地平，吾方得去。今者來〔七〕，故訴於公，公爲平之，吾乃去爲人矣。」洪曰：「汝言輔國不遠，可即擒來。」鬼曰：「諾。」須臾，匠人言曰：「劉洪，吾輔國將軍也。汝爲人强直，兼有才幹，吾甚重之，將任汝以職。今當辟汝，即大富貴矣，勉之！」因索紙，作詩二章。其匠人兵卒也，素不知詩〔八〕，及其下筆，書跡特妙，可方王右軍。薛楚玉取而珍之。其詩曰：「烏〔九〕烏在虚飛，玄駒遂野依。名今編户籍，翠過葉生稀。」其二章曰：「箇樹枝條朽，三花五面啼。移家朝度日，誰覺逸□遲〔一〇〕。」詩成而去。

匠人乃屯屬役〔一一〕，數日疾甚，舁至范陽。其父謁名醫薛□□〔一二〕，亦會□〔一三〕疾。洪言語如常，而二人密冷氣侵，未幾乃卒〔一四〕。□〔一五〕洪初得鬼詩，思不可解。及卒〔一六〕，

□□□□□□□□□□□□□□三月玄嘉方來□□□□□□□□□□□□□□皆黑，遂以載棺。「名今編户籍」，蓋洪名〔一七〕□□□□□□□□□□「翠過葉生希〔一八〕」者，言洪死像也。其二章「箇樹枝條朽」，□□□□□□〔一九〕，故條枝朽也。「三花五面啼」者，洪家有八口，洪又二人亡，所謂三花也。五人哭之，所謂五面啼。□□□□□□□□□□□□□□□□□□□□□□□□〔二〇〕。

洪死後二十日，故吏野外見洪紫衣，從二百騎，神色甚壯〔二一〕。告吏曰：「吾已爲輔國將軍所用，大富貴矣。今將騎從，向都迎母。」母先在都。初，洪舅有女，養於劉氏，年與洪齒。嘗與洪言曰：「吾聞死者有知。吾二人，先死必擾亂存者，使知之。」是日，女在洪母前行，忽有引其衣者，令不得前。女怪之。須臾得前，又引其巾，取其梳，如相狎者。洪母驚曰：「洪存日嘗有言，須〔二二〕來在軍。久絕書問，今其〔二三〕死乎？何與〔二四〕平生言協也？」母言未畢，洪即形見庭中，衣紫衣，佩金章〔二五〕，僕從至多〔二六〕。母問曰：「汝何緣來？」洪曰〔二七〕：「洪已富貴，身亦非人，福樂難言，故迎母供養。」於是車輿皆進，母則昇輿，洪乃侍從，遂去。去後而母殂。其見故吏時，亦母殂之日也。（《太平廣記》卷三三一《鬼十六》，出《記聞》）

〔一〕楚玉　明鈔本作「將」。

〔二〕任　孫校本作「住」。按：任，任職，指任太和屯官。

〔三〕詢　明鈔本作「詬」。

〔四〕發　明鈔本作「十」。按：發，量詞，下也。李朝威《洞庭靈姻傳》：「然後叩樹三發，當有應者。」

〔五〕言説　明鈔本作「甦曰」。按：明鈔本誤。此言説者乃附體匠人之鬼，非匠人甦醒後所言也。

〔六〕昔　原作「因」，據明鈔本、孫校本改。

〔七〕今者來　陳校本作「今日來者」。

〔八〕知詩　明鈔本作「能知書」。

〔九〕烏　明鈔本作「黑」，孫校本作「累」。

〔一〇〕誰覺逸□遲　原「誰覺」下爲□（闕字）。汪校：「誰覺□陳校本作逸□遲。」明鈔本末三字作「□□遲」，黄本、《筆記小説大觀》本爲三闕字。孫校本作「誰覺□□□□□速」。《才鬼記》卷三《輔國將軍》（末注《記聞》）「誰覺」下注「缺」字，末爲「迷」。姑據陳本補。《四庫》本作「誰覺夕陽低」。按：《四庫》本乃臆補，全無依據。

〔一一〕乃屯屬役　明鈔本作「乃□□□□□」，孫校本作「乃□□□□□□□」。

〔一二〕謁名醫薛□□　「謁」明鈔本作「請」，「薛□□」原作「薛」，下無闕字，明鈔本、孫校本「薛」下闕二字。按：「薛」下當爲雙名，今補爲二闕字。

〔一三〕會□　原「會」下無闕字，孫校本有一闕字，據補。

〔一四〕而二人密冷氣侵未幾乃卒　原作「而二冷密冷氣侵□□□□」，明鈔本、孫校本作「而二□冷密冷氣侵□□□□」。黄本、《筆記小説大觀》本作「而二人密介氣侵，未幾乃卒」，《四庫》本同，而改「介」爲「冷」，是也。今據《四庫》本改補。

〔一五〕□　《四庫》本補作「方」。

〔一六〕及卒　此下至「皆黑」以上原無，據孫校本補。

〔一七〕蓋洪名　此下十三闕字，據孫校本補。

〔一八〕翠過葉生希　原作「生希」，上三字孫校本爲闕字。按：此乃引述輔國將軍詩，「生希」前三字當爲「翠過葉」，今補。希，通「稀」。

〔一九〕此六闕字據孫校本補。

〔二〇〕此三十闕字據孫校本補。

〔二一〕壯　明鈔本作「盛」。

〔二二〕須　明鈔本、許本作「頃」。

〔二三〕其　原作「見」，據明鈔本、孫校本改。

〔二四〕與　明鈔本、孫校本作「如」。

〔二五〕衣紫衣佩金章　原作「衣紫金章」，據明鈔本補二字。孫校本作「紫衣金章」。

〔二六〕至多　原作「多至」，據明鈔本、孫校本改。

〔二七〕洪曰　此二字原無，據明鈔本、孫校本、陳校本補。《才鬼記》「曰」作「言」。

蕭正人

琅邪太守許誡言，嘗言幼時與中外兄弟，夜中言及鬼神。其中雄猛者或言：「吾不信邪，何處有鬼？」言未終，前簷頭鬼忽垂下二脛，脛甚壯大，黑毛且長，足履於地。言者走匿。内弟蕭正人，沈静少言，獨不懼，直抱鬼脛，以解衣束之〔一〕，甚急。鬼舉脛至簷，正人束之，不得昇，復下。如此數四。既無救者，正人放之，鬼遂滅，而正人無他。（《太平廣記》卷三三二《鬼十七》，出《記聞》，明鈔本作《紀聞》）

〔一〕以解衣束之　《四庫》本作「解衣帶束之」。

韋鎰

監察御史韋鎰，自貶降，量移虢州司户參軍。鎰與守有故，請開虢州西郭道，鎰主之。凡開數里，平夷丘墓數百。既而守念鎰，至湖按覆。有人至湖，告鎰妻死。鎰妻亡七日，召寺僧齋，鎰神傷喪志，諸僧慰勉。齋罷，鎰送僧出門，言未畢，若有所見，則揖僧退，且言曰：「弟子亡妻形見。」則若揖讓酬答。至堂仆地，遂卒。人以爲平夷丘墓之禍焉。（《太平廣記》卷三三二《鬼十七》，出《記聞》，明鈔本作《紀聞》）

趙夏日

寧王文學趙夏日，文章知名，以文學〔一〕卒官。終後，每處理家事如平生，家内大小，不敢爲非。常於靈帳中言，其聲甚厲。第二子常見之，率常在宅。及三歲，令〔二〕其子傳語，遍别人，因絶去。（《太平廣記》卷三三二《鬼十七》，出《記聞》，明鈔本作《紀聞》）

〔一〕文學　明鈔本作「文章」，誤。按：文學乃官名。《新唐書》卷四九下《百官志四下·王府官》：「文學一人，從六品上。掌校典籍，侍從文章。」

〔二〕令　明鈔本、孫校本、陳校本作「會」。

茹子顔

吴人茹子顔，以明經爲雙流尉。頗有才識，善醫方，由是朝賢多識之。子顔好京兆府博士，及選，請爲之。既拜，常在朝貴家。及歸學，車馬不絶。子顔之婭張虚儀，選授梓州通泉尉。家貧，不能與其妻行，仍〔一〕有債數萬，請子顔保。虚儀去後兩月餘，子顔夜坐，忽簷間語曰：「吾通泉尉張虚儀也，到縣數日亡。吾子奉吾柩還〔二〕，已發縣矣。吾平生與君特善，赴任日又債負累君。吾今亡，家又貧匱，進退相擾，深覺厚顔。」子顔問曰：「君何日當至京？吾使人迎候。」鬼乃具言發時日，且求食。子顔命食，於坐談笑如故。至期，喪果至，子顔葬〔三〕之。又〔四〕召債家，而歸其負。鬼又旦夕來謝恩，其言甚懇，月餘而絶。子顔亦不以介意。數旬〔五〕，子顔亦死。（《太平廣記》卷三三二《鬼十七》，出《紀聞》）

〔一〕仍　孫校本作「所」。
〔二〕吾子奉吾柩還　原作「今吾柩還」，據明鈔本改。
〔三〕葬　原作「爲」，據明鈔本改。
〔四〕又　此字原無，據明鈔本補。
〔五〕數旬　明鈔本作「不數旬」。

劉子貢

京兆人劉子貢，五月二十二日因病熱〔一〕卒。明日乃蘇，自言被録至冥司，同過者十九人。官召二人出，木括其頭，加釘鏷焉，命繫之，曰：「此二人罪重留〔二〕，餘者且釋去。」又引子貢歷觀諸獄，但空墻垣爲數十院，中〔三〕不見人。子貢問曰：「此爲何處？」人曰：

「此皆地獄也。緣同光王生，故休罪人七日，此中受罪者暫停。若遇其鼓作，罪人受苦，可驚駭耳目。」子貢娶于難江縣令蘇元宗，忽〔四〕見元宗於途，問之曰：「丈人在生好善，何得在此？」元宗曰：「吾前生有過，故留。然事已辦，今將生天，不久矣。」又問：「二子先死者何在？」「長者愿而信，死便生天。少兒〔五〕賊而殺，見在地獄。」又遇隣人季〔六〕暐，暐曰：「君爲傳語吾兒，吾坐前生罪〔七〕，大被拘留。爲吾造觀世音菩薩像一，寫《妙法蓮華經》一部，則生天矣。」又遇其父慎，慎曰：「吾以同光王生，故得假在外。不然，每日受罪，苦不可言。坐吾彈殺鳥獸故，每日被牛頭獄卒燒鐵彈數千，其色如火，破吾身皮數百〔八〕道，納熱彈其中，痛苦不可忍。」又見身〔九〕存者多爲鬼。子貢以二十三日生，生七日，至二十九日又殂，遂不活矣。（《太平廣記》卷三三二《鬼十七》，出《記聞》，明鈔本、許本、陳校本作《紀聞》）

〔一〕病熱　明鈔本、孫校本、《勸善書》卷一作「熱病」。
〔二〕留　《勸善書》作「留之」。
〔三〕中　此字原無，據孫校本、《勸善書》補。
〔四〕忽　此字原無，據《勸善書》補。
〔五〕兒　明鈔本作「者」。按：《勸善書》亦作「兒」。
〔六〕季　孫校本、《勸善書》作「李」。

〔七〕坐前生罪　原作「坐前坐罪」，據《勸善書》改。明鈔本、陳校本、黄本、《四庫》本、《筆記小説大觀》本作「生前坐罪」。

〔八〕百　談本原譌作「日」，汪校本改。按：《勸善書》作「百」。

〔九〕身　孫校本無此字。按：《勸善書》亦有此字。

季攸

天寶初，會稽主簿季攸，有女二人，及攜外甥孤女之官。有求之者，則嫁己女。己女盡而不及甥，甥恨之，因結〔一〕怨而死，殯之東郊。經〔二〕數月，所給主簿市胥吏姓楊，大族子也，家甚富，貌且美。其家忽〔三〕失胥，推尋不得。意其爲魅所惑也，則於墟墓訪之。時大雪〔四〕，而女殯室有衣裾出。胥家人引之，則聞屋内胥叫聲。而殯宫〔五〕甚完，不知從何入。遽告主簿，主簿使發其棺，女在棺中，與胥同寢，女貌如生。其家乃出胥，復修殯屋。胥既出如愚，數日方愈。女則下言〔六〕於主簿曰：「吾恨舅不嫁，惟憐己女，不知有吾，故氣結死。今神道使吾嫁與市吏，故輒引與之同衾。既此邑已知，理須見嫁，後月一日，可合婚〔七〕姻。惟舅不以胥吏見期〔八〕，而違神道，請即知聞，受其所聘，仍待以女壻禮。至月一日，當具飲食，吾迎楊郎，望伏〔九〕所請焉。」主簿驚歎，乃召胥一〔一〇〕問，謂之爲婿〔一一〕。楊胥於是納錢數萬，其父母皆會焉。攸乃爲外生〔一二〕女造作衣裳、帷帳，至月一日，又造饌，大會楊氏。鬼又言曰：「蒙恩許嫁，不勝其喜，今日故此親迎楊郎。」言畢，胥暴卒。乃設冥婚禮，厚加〔一三〕棺斂，合葬於東郊。（《太平廣記》卷三三三《鬼十八》，出《紀聞》）

〔一〕結　《四庫》本作「含」。

〔二〕經　《廣豔異編》卷三四鬼部三《季攸》、《情史》卷一〇情靈類《季攸甥女》作「莊」，連上讀。

〔三〕忽　原作「忽有」，據明鈔本及《廣豔異編》、《情史》刪「有」字。

〔四〕雪　明鈔本、陳校本作「寒雪」。

〔五〕宫　原作「宫中」，據明鈔本、孫校本、陳校本刪「中」字。

〔六〕下言　談本原譌作「不直」，汪校本據明鈔本改。孫校本作「不主」，亦譌。陳校本作「來告」。

〔七〕婚　明鈔本、孫校本、陳校本作「親」。

〔八〕期　陳校本作「欺」。

〔九〕伏　明鈔本作「如」，陳校本、《廣豔異編》作「從」。按：伏，通「服」，從也。

〔一〇〕一　《廣豔異編》、《情史》作「吏」。

〔一一〕謂之爲婿　原作「爲」，據明鈔本、孫校本、陳校本改。

〔一二〕外生　明鈔本及《廣豔異編》、《情史》作「外甥」。按：外生即外甥。

〔一三〕加　明鈔本、孫校本作「嫁」，當譌。

武德縣田叟

武德縣酒封村田叟〔一〕，日晚，將往河内府南，視女家禮事。出村，有二人隨之，與叟言。謂叟曰：「吾往河南府北，喜翁相隨。」及至路，而二人不肯去。叟視之非凡，乃下驢，謂之曰：「吾與汝非舊相識，在途相逢。吾觀汝指顧，非吉人也。汝姑行，吾從此南出〔二〕。汝若隨吾，吾有返而已，不能偕矣。」二人曰：「慕老父德，故此陪隨。如不願俱，請從此逝，翁何怒也？」方酬答，適會田叟鄰舍子自東來，問叟何爲，叟具以告。鄰舍子告二人：「老父不願與君俱，可東去，從老父南行，君何須相絆也？」二人曰：「諾。」因東去。叟遂南，鄰舍子亦西還。到家未幾，聞父老家驚叫〔三〕，鄰舍子問之，叟男曰：「父往女家，計今適到。而所乘驢乃却來，何謂也？」鄰舍子乃告以田叟逢二人狀。因與叟男尋之，至與二人言處，叟死溝中，而衣服甚完，無損傷。乃知二人取叟之鬼也。（《太平廣記》卷三三三《鬼十八》，出《記聞》，明鈔本作《紀聞》）

〔一〕田叟　明鈔本、陳校本前有「有」字。

〔二〕出　明鈔本作「去」。按：出，去也。

〔三〕聞父老家驚叫　「父老」《四庫》本作「老父」。「家驚」原作「驚家」，據明鈔本、黄本、《四庫》本、

《筆記小說大觀》本乙改。

刁緬

宣城太守刁緬，本以武進，初爲玉門軍使。有廁神形見外厩，形如大豬，遍體皆有眼，出入溷中，遊行院内。緬時不在，官吏兵卒見者千餘人。如是數日。緬歸，祭以祈福，廁神乃滅。緬旬日遷伊州刺史〔一〕，又改左衛率、右驍衛將軍、左〔二〕羽林將軍，遂貴矣。（《太平廣記》卷三三三《鬼十八》，出《紀聞》）

〔一〕史　原譌作「吏」，談本作「史」，諸本同，據改。

〔二〕左　黄本、《四庫》本、《筆記小說大觀》本作「右」。

王無有

楚丘主簿王無有，新娶，妻美而妬。無有疾，將如廁，而難獨行。欲與侍婢俱，妻不可。無有至廁，於垣穴中見一〔一〕人背坐，色黑且壯。無有以爲役夫，不之怪也。頃之，此人迴顧，深目巨鼻，虎口烏爪，謂無有曰：「盍與子〔二〕鞋？」無有驚，未及應。怪自穴引手，直取其鞋，口咀之。鞋中血見，如食肉狀，遂盡之。無有恐，先告其妻，且尤之曰：「僕有疾如廁，須〔三〕一婢相送，君適固拒。果遇妖怪，奈何？」婦猶不信，乃同觀之。無有坐廁，怪又見，奪餘一鞋咀之。妻恐，扶無有還。他日，無有至後院，怪又見，語無有曰：「吾歸汝鞋。」因投其傍〔四〕，鞋並無傷〔五〕。無有請巫解奏〔六〕，鬼復謂巫：「王主簿禄盡，餘百日壽，不速歸，死於此。」無有遂歸鄉，如期而卒。（《太平廣記》卷三三三《鬼十八》，出《紀聞》）

〔一〕一　此字原無，據明鈔本補。
〔二〕子　明鈔本作「我」。
〔三〕須　原作「雖」，據孫校本、陳校本改。
〔四〕因投其傍　明鈔本作「且投其鞋」。
〔五〕傷　明鈔本作「損」。傷，損也。
〔六〕解奏　明鈔本「奏」作「禳」。按：解奏，書符告天，禳除災禍。《宋高僧傳》卷一九《唐嵩嶽破竈墮傳》：「嘗遇巫氏能與人醮竈祓禳，若漢武之世李少君，以祠竈可以致物同也。凡其解奏之時，往往見鬼物形兆。」

王昇

吴郡陸望，寄居河内。表弟王昇，與望居相近。晨謁望，行至莊南故村人楊侃宅籬間，忽見物，兩手據廁，大耳深目，虎鼻猪牙〔一〕，面色紫而斒斕，直視於昇。昇〔二〕懼而走，見望言之。望曰：「吾聞見廁神，無不立死，汝其勉之。」昇意大惡，及還即死。（《太平廣記》卷三三三《鬼十八》，出《紀聞》）

〔一〕牙　《天中記》卷一五《據厠》引《紀聞》、《玉芝堂談薈》卷一三《厠神》作「身」。

〔二〕昇　此字原無，據明鈔本補。

紀聞卷八

陳希烈

陳希烈爲相，家有鬼焉。或詠詩，或歌呼，聲甚微細激切，而歷歷可聽。家人問之曰：「汝何人而在此？」鬼曰：「吾此中戲遊，遊畢當去。」或索衣服，或求飲食，得之即喜〔一〕，不得即駡。如此數朝。後忽談及〔二〕經史，鬼甚博覽。家人呼希烈姪壻、司直季履濟，令與鬼談，謂履濟曰：「吾因行，故於此戲。聞君特諭，今日豁然。然〔三〕有事當去，君好住。」因去。（《太平廣記》卷三三五《鬼二十》，出《紀聞》）

〔一〕喜　原作「去」，據明鈔本、孫校本、陳校本改。

〔二〕及　此字原無，據明鈔本、孫校本、陳校本補。

〔三〕然　此字原無。據明鈔本補。

范季輔

鄎城尉范季輔，未娶。有美人崔氏，宅在永平里，常依之。開元二十八年二月，崔氏晨起下堂，有物死在堦下。身如狗，項有九頭，皆如人面。面狀不一，有怒者，喜者，妍者，醜者，老者，少者，蠻者，夷者，皆大如拳。尾甚長，五色。崔氏恐，以告季輔。問諸巫，巫言焚之五道，災則消矣。乃於四達路積薪焚之。後數日，崔氏母殂。又數日，崔氏死。又數日，季輔亡。（《太平廣記》卷三六一《妖怪三》，出《記聞》）

按：《玉芝堂談薈》卷三三《九頭鳥》引作《紀聞》。

裴休貞

金吾將軍裴休貞，微時居教業里。有客過之，休貞飲客，其弟皆預。日晚客去，休貞獨卧廳事。昏後，休貞醒，繞牀有聲曰：「哥哥去〔一〕娘子。」如此不絶。休貞視呼者，狀甚可畏，繞之不止。休貞懼，跳出門呼奴〔二〕。奴以燈來，其弟亦至，於是怪依燈影中，狀若崑崙，齒大而白，長五尺。休貞弟休元，素多力，擊之以拳，應手有聲，如擊鐵石，怪形即滅。其歲，休貞母殂。（《太平廣記》卷三六一《妖怪三》，出《記聞》）

〔一〕去　明鈔本、孫校本無此字。

〔二〕跳出門呼奴　「出」字原無，據明鈔本、孫校本補，明鈔本無「跳」字。孫校本「奴」作「豎」，下同。

牛成

京城東南五十里，曰孝義坊，坊之西原常有怪。開元二十九年，牛肅之弟成，因往孝義。晨至西原，遇村人任杲〔一〕，與言。忽見其東五百步，有黑氣如輜車，凡十餘。其首者高二三丈，餘各丈餘，自北徂南，將至原窮。又自南還北，累累相從。日出後，行轉急，或出或没。日漸高，皆失。杲曰：「此處常然，蓋不足怪。數月前，有飛騎者番滿南歸，忽見空〔二〕中有物，如角馱之像，飛騎刀刺之，角馱湧出爲人，身長丈餘，而逐飛騎。飛騎走，且射之中，怪遂少留。又來踵，飛騎又射之，乃止。既明，尋所射處，地皆有血，不見怪。因遇疾，還家數日而卒。」（《太平廣記》卷三六一《妖怪三》，出《紀聞》）

〔一〕杲　明鈔本、孫校本、陳校本作「果」。下文「杲」，唯明鈔本作「果」。

〔二〕空　孫校本作「溝」，明鈔本作「其」。

張翰

右監門衛録事參軍張翰，有親故妻，天寶初生子。方收所生男，更有一無首孩子，在傍跳躍。攬之則不見，手去則復在左右。按《白澤圖》曰：「其名曰常〔一〕。」依圖呼名，至

三呼，奄然已滅。（《太平廣記》卷三六一《妖怪三》，出《紀聞》）

〔一〕常　孫校本作「韋」。

南鄭縣尉

南鄭縣尉孫旻，爲山南採訪支使。嘗推覆在途，舍於山館。忽有美婦人面出于柱中，顧旻而笑。旻拜而祈之，良久方滅。懼不敢言也。後數年，選授桑泉尉，在京遇疾。友人問疾，旻乃言之而卒。（《太平廣記》卷三六一《妖怪三》，出《記聞》）

李泮

咸陽縣尉李泮，有甥勇而頑，常對客自言不懼神鬼，言甚誇誕。忽所居南牆，有面出焉，赤色，大尺餘，跌〔一〕鼻黝目，鋒牙利口，殊可憎惡。甥大怒，拳毆之，應手而滅。俄又見於西壁，其色白，又見東壁，其色青，狀皆如前。拳擊〔二〕亦滅。後黑面見於北墻，貌益恐人，其大則倍。甥滋怒，擊數拳不去，拔刀刺之，乃中。面乃去牆來掩，甥手推之，不能去，黑面遂合於甥面，色如漆，甥仆地死。及殯殮，其色終不改。（《太平廣記》卷三六一《妖怪三》，出《記聞》）

〔一〕趹　孫校本作「鉄」。
〔二〕拳擊　明鈔本作「擊之以拳」。

鄭使君子

長孫繹之親曰鄭使君，使君惟一〔一〕子，甚愛之。子年十五，鄭方典郡，常使蒼頭十餘人給其役。夜中，蒼頭皆食，子獨坐，忽聞户東有物行來，履地聲甚重，每移步殷然。俄到户前，遂至牀下，乃一鐵小兒也。長三尺，至麤壯，朱目大口。謂使君子曰：「嘻！阿母呼，令吮乳來〔二〕。」子驚叫，跳出〔三〕户。蒼頭既見，遽報使君。使君命十餘人，持棒擊之，如擊石。徐而下堦，望門南出。至以刀斧鍛，終不可傷。命舉火爇之，火焚其身，則開口大叫，聲如霹靂，聞者震倒。於是以火驅之。既出衙門，舉足驀一〔四〕車轍，遂滅。其家亦無休咎。（《太平廣記》卷三六二《妖怪四》，出《紀聞》）

〔一〕一　原作「二」，誤，據孫校本、《四庫》本改。
〔二〕阿母呼令吮乳來　孫校本作「阿母予今故吮乳來」。
〔三〕出　原作「入」，據明鈔本、孫校本改。
〔四〕一　《廣豔異編》卷三一妖怪部《鐵小兒》作「若」，當譌。

按：《廣記》原題《長孫繹》，與内容不合，今改作《鄭使君子》。

韋虚心

户部尚書韋虚心有三子，皆不成而死。子每將亡，則有大面出于〔一〕牀下，嗔目開口，貌如神鬼。子懼而走，大面則化爲大鴟，以翅遮擁，令自投于井。家人覺，遽出之，已愚，猶能言其所見，數日而死。如是三子皆然。竟不知何鬼怪。（《太平廣記》卷三六二《妖怪四》，出《紀聞》）

〔一〕于　談本原作「于」，汪校本譌作「手」，今改。

裴鏡微友

河東裴鏡微，曾友一武人，其居相近〔一〕。武人夜還莊，操弓矢，方馳騎。後聞有物近焉，顧而見之，狀大，有類方相，口但稱渴。將及武人，武人引弓射，中之，怪乃止。頃又來近，又射之，怪復住。斯須又至。武人遽至家，門已閉，武人踰垣〔二〕而入。入後，自户窺之，怪猶在。武人不敢取馬。明早啓門，馬鞍棄在門，馬則無矣。求之，數里墓林中，見馬被啗已盡，唯骨在焉。（《太平廣記》卷三六二《妖怪四》，出《紀聞》）

〔一〕其居相近　《四庫》本前有「與」字。

〔三〕垣　明鈔本、孫校本作「之」。

按：《廣記》原題《裴鏡微》，今加「友」字。

李虞

全節李虞，好犬〔一〕馬，少而不逞。父嘗爲縣令，虞隨之官，爲諸慢遊。每夜，逃出自竇，從人飲酒。後至竇中，有人背其身，以尻窒穴。虞排之不動，以劍刺之，劍没至鐔，猶如故。乃知非人也，懼而歸。又歲暮，野外從禽。禽入墓林，訪之林中，有死人面仰〔二〕，其身洪脹，甚可憎惡，巨鼻大目，挺動其眼，眼仍光起，直視於虞。虞驚怖殆死，自是不敢畋獵焉。（《太平廣記》卷三六二《妖怪四》，出《紀聞》）

〔一〕犬　原譌作「大」，據黄本、《四庫》本、《筆記小説大觀》本改。

〔二〕面仰　孫校本作「仰面」。《四庫》本「面」譌作「而」。

武德縣婦人

開元二十八年，武德有婦娠，將生男。其姑憂之，爲具儲糗〔一〕。其家窶，有麵數斗〔二〕，有米〔三〕一區。及産夕〔四〕，其夫不在，姑與隣母同贍〔五〕之。男既生，姑與隣母具食。食未至，婦若〔六〕饑渴，求食不絶聲。姑饋之，盡數人之餐，猶言餒。姑又膳〔七〕升麵進之，婦又〔八〕食無遺，而益稱不足。姑怒，更爲具之。姑出後，房内餅盎在焉。婦下牀，親執器，取餅食之，餅又盡。姑還見之，怒且恐，謂隣母曰：「此婦何爲？」母曰：「吾自幼及長，未之見也。」姑方〔九〕怒，新婦曰：「姑無怒〔一〇〕，食兒乃已。」因提其子食之。姑奪之不得，驚而走。俄卻入户，婦已食其子盡，口血猶丹。因謂姑曰：「新婦當卧且死，亦無遺，若側，猶〔一一〕可收矣。」言終，仰眠而死。（《太平廣記》卷三六二《妖怪四》，出《紀聞》）

〔一〕糗　此字談本爲墨釘，汪校本據明鈔本補作「糗」。黄本、《四庫》本、《筆記小説大觀》本作「食」。孫校本作「時」，連下讀。

〔二〕斗　原作「豆」，據孫校本改。按：「豆」亦通「斗」。

〔三〕米　談本譌作「木」，汪校本徑改。孫校本、黄本、《筆記小説大觀》本作「米」。《四庫》本改作「禾」。

〔四〕夕　孫校本無此字。

〔五〕贍　原作「膳」，據孫校本改。

〔六〕若　明鈔本、黄本、《筆記小説大觀》本作「苦」。

〔七〕膳　孫校本作「饍」，義同。進食也。

〔八〕又　原作「食」，據明鈔本、孫校本改。

〔九〕方　原作「方詢」，據孫校本删「詢」字。明鈔本「詢」作「詞」。

〔一〇〕怒　此字談本原爲墨釘，汪校本據明鈔本補作「怒」字。孫校本作「尤」，責也。黄本、《四庫》本、《筆記小説大觀》本作「食」，誤。

〔一一〕猶　孫校本作「尤」。尤，猶也。

懷州民

開元二十八年春二月，懷州武德、武陟、修武三縣人，無故食土，云味美異於他土。先是，武德期城村婦人，相與採拾，聚而言曰：「今米貴人饑，若爲生活？」有老父，紫衣白馬，從十人來過之，謂婦人曰：「何憂無食！此渠水傍土甚佳，可食，汝試嘗之。」婦人取食，味頗異。遂失老父。乃取其土至家，拌其麵爲餅，餅甚香〔一〕。由是遠近競〔二〕取之。渠東西五里，南北十餘步，土並盡。牛肅時在〔三〕懷，親遇之。（《太平廣記》卷三六二《妖怪四》，出《紀聞》）

〔一〕香　明鈔本作「美」。

〔二〕競　原作「竟」，據明鈔本、《四庫》本、《天中記》卷七引《紀聞》（題《食土》）改。孫校本作「皆」。

〔三〕在　孫校本作「任」。按：牛肅懷州河内人，未曾任職懷州。《天中記》亦作「在」。

武德縣民

武德縣逆旅家，有人鏁閉其室，寄物一車。如是數十日不還，主人怪之，開視諸〔一〕囊，皆人面衣也，懼而閉之。其夕，門自開，所寄囊物，並失所在。（《太平廣記》卷三六一《妖怪四》，出《紀聞》）

〔一〕諸　此字原無，據明鈔本補。

張司馬

定州張司馬，開元二十八年夏，中夜與其妻露坐。聞空中有物飛來。其聲戢戢然，過至堂屋，爲瓦所礙，宛轉屋際，遂落簷前，因走。司馬命逐之，逐者以足〔一〕蹴之，乃爲狗音。擒得火照，則老狗也，赤而鮮毛，身甚長，足甚短，可一二寸。司馬命焚之，深憂其爲怪。月餘，改深州長史。（《太平廣記》卷三六二《妖怪四》，出《紀聞》）

〔一〕足　此字原無，據明鈔本、孫校本、《四庫》本補。

胡頊

夏縣尉胡頊，詞人也。嘗至金城縣界，止於人家。人爲具食，頊未食，私出。及還，見一老母，長二尺，垂白寡髮，據案而食，餅果且盡。其家新婦出，見而怒之，搏其耳，曳入戶。頊就而窺之，納母於檻中，鎖閉之，母猶檻中〔一〕窺望，兩目如丹。頊問其故，婦人曰：「此名爲魅，乃七代祖姑也。壽三百餘年而不死，其形轉小。不須衣裳，不懼寒暑。鏁之檻，終歲如常。忽得出檻，偷竊飯食，得數斗。故號爲魅。」頊異之，所在言焉。（《太平廣記》卷三六七《人妖》，出《記聞》，談本作《紀聞》）

〔一〕鎖閉之母猶檻中　此七字原無，據明鈔本、孫校本補。

竇不疑

武德功臣孫竇不疑，爲中郎將，告老歸家。家在太原，宅於北郭陽曲縣。不疑爲人勇，有膽力，少而任俠。常結伴〔一〕十數人，鬭雞走狗，樗蒲一擲數萬，皆以意氣相期。而太原城東北數里，常有道鬼，身長二〔二〕丈。每陰雨昏黑後多出，人見之，或怖而死。諸少年言曰：「能往射道鬼者，與錢五千。」餘人無言，唯不疑請行，迨昏而往。衆曰：「此人出城便潛藏，而夜紿我以射，其可信乎？盍密隨之？」不疑既至魅所，鬼正出行。不疑逐而射之，鬼被箭走，不疑追之。凡中三矢，鬼自投于岸下，不疑乃還。諸人笑而迎之，謂不疑曰：「吾恐子潛而紿我，故密隨子，乃知子膽力若此。」因授之財，不疑盡以飲焉。明日，往尋所射岸下，得一方相，身則編荆也，今京中方相編竹，太原無竹，用荆作之。其傍仍得三矢。自是道鬼遂亡，不疑亦從此以雄勇聞〔三〕。

及歸老，七十餘矣，而意氣不衰。天寶二年冬十月，不疑往陽曲，從人飲。飲酣欲返，主苦留之。不疑盡令從者皆留，己獨乘馬，昏後歸太原。陽曲去州三舍，不疑馳還。其間則沙場也，狐狸鬼火叢聚，更無居人。其夜，忽見道左右皆爲店肆，連延不絶。時月滿雲薄，不疑怪〔四〕之。俄而店肆轉衆，有諸男女，或歌或舞，飲酒作樂，或結伴踏蹄。有童子百餘人，圍不疑馬，踏蹄且歌，馬不得行。道有樹，不疑折其柯，長且大，以擊，歌者走，而不疑得前。又至逆旅，復見二百餘人，身長且大，衣服甚盛，來繞不疑，踏蹄歌焉。不疑大怒，又以樹柯擊之，長人皆失。不疑恐，以所見非常，乃下道馳，將投村野〔五〕。忽得一處，百餘家〔六〕，屋宇甚盛。不疑叩門求宿，皆寂〔七〕無人應。雖甚叫擊，人猶不出。村中有廟，不疑入之，繫馬於柱，據階而坐。時朗月，夜未半，有婦人素服靚粧，突〔八〕門而入，直向不疑再拜。問之，婦人曰：「吾見夫壻獨居，故此相偶。」不疑曰：「孰爲夫壻？」婦人曰：

「公即其人也。」不疑知是魅，擊之，婦人乃走〔九〕。廳房内有牀，不疑息焉。忽梁間有物，墮於其腹，大如盆盎〔一〇〕。不疑毆之，則爲犬音，自投牀下，化爲火人，長二尺餘，光明照耀，入于壁中，因爾不見。不疑又出户，乘馬而去，遂得入林木中憩止〔一一〕。天曉不能去，會其家求而得之，已愚〔一二〕且喪魂矣。舁之還，猶説其所見。乃病，月餘卒。（《太平廣記》卷三七一《精怪四・凶器上》，出《紀聞》）

〔一〕伴　原譌作「絆」，據明鈔本、孫校本、黄本、《四庫》本、《筆記小説大觀》本、《錢通》卷三一引《紀聞》、《廣豔異編》卷三一妖怪部《竇不疑》改。

〔二〕二　孫校本作「數」。

〔三〕從此以雄勇聞　「從此」孫校本作「徙居」。「聞」下明鈔本有「于人」二字。

〔四〕怪　明鈔本作「頗怪」。

〔五〕野　明鈔本、孫校本作「墅」。按：村野、村墅義同，村莊也。唐祖詠《渡淮河寄平一》：「天色混波濤，岸陰匝村墅。」《儀光禪師》：「乃尋小逕，將投村野。」

〔六〕百餘家　明鈔本前有「凡」字。

〔七〕寂　談本爲墨釘，汪校本無此字，據明鈔本、孫校本、黄本、《四庫》本、《筆記小説大觀》本、《廣豔異編》補。

〔八〕突　明鈔本、孫校本作「自」。按：突，闖也，衝也。

〔九〕走　原作「去」，據明鈔本、孫校本改。走，逃也。
〔一〇〕盆盎　孫校本作「盤」。
〔一一〕遂得入林木中憩止　明鈔本、孫校本作「遂得林木，入中憩止」。
〔一二〕愚　《四庫》本作「疲」，《廣豔異編》作「昏愚」。

李彊名妻

隴西李彊名，妻〔一〕清河崔氏，甚美。其〔二〕一子，生七年矣。開元二十二年，彊名爲南海丞。方暑月，妻因暴疾卒。廣州囂〔三〕熱，死後埋棺於土，其外以墼〔四〕圍而封之。彊名痛其妻夭年，而且遠官，哭之甚慟，日夜不絶聲。數日，妻見夢曰：「吾命未合絶，今帝許我活矣。然吾形已敗，帝命天鼠爲吾生肌膚。更十日後，當有大鼠出入墼棺中，即吾當生也。然當封〔五〕閉門户，待七七日，當開吾門，出吾身，吾即生矣。」及旦，彊名言之，而其家僕妾夢皆恊。十餘日，忽有白鼠數頭，出入殯所，其大如㹠。彊名異之，試發其柩，見妻骨有肉生焉，遍體皆爾，彊名復閉之。積四十八日〔六〕，其妻又見夢曰：「吾明晨當活，盍出吾身。」既曉，彊名發之，妻則蘇矣，扶出浴之。

妻素美麗人也，及乎再生，則美倍於舊。膚體玉色，倩盼多姿，袨服靚粧，人間殊絶矣。彊名喜形於色。時廣州都督唐昭聞之，令其夫人觀焉，於是別駕已下夫人皆從。彊名妻盛服，見都督夫人，與抗禮，頗受諸夫人拜。薄而觀之，神仙中人也。言語飲食如常人，而少言。衆人訪之，久而一對。若問冥間事，即杜口，雖夫子亦不答。明日，唐都督夫人置饌，請至家，諸官夫人皆同觀之。悦其柔姿艷美，皆曰目所未覩。既而別駕、長史夫人等，次其日列筵，請之至宅，而都督夫人亦往。如是已二十日矣，出入如常〔七〕，唯沉静異於疇日。既彊名使於桂府，七旬乃還。其妻去後〔八〕爲諸家所迎，往來無恙。彊名至數日，妻復言病，病則甚，間一日遂亡。計其再生，纔百日耳〔九〕。或曰有物憑焉。（《太平廣記》卷三八六《再生十二》，出《記聞》）

〔一〕妻　孫校本作「娶」。

〔二〕其　明鈔本作「有」。

〔三〕囂　明鈔本作「暄」。

〔四〕甓　黃本、《四庫》本、《筆記小説大觀》本、《太平廣記鈔》卷六一、《廣豔異編》卷九情感部一《李彊名妻》作「甎」，誤。甓，磚也。

〔五〕封　孫校本作「釘」。

〔六〕四十八日　明鈔本無「八」字，誤。按：前云「待七七日，當開吾門」，七七四十九日也。

〔七〕常　原作「人」，據明鈔本改。

〔八〕其妻去後　明鈔本作「去時其妻」。

〔九〕耳　原作「矣」，據明鈔本、《玉芝堂談薈》卷一一《入墓再生》附録引《紀聞》、明張鳳翼《夢占類考》卷三走獸部《大鼠出入棺中》引《紀聞》改。

荆州女子

開元二十三年，荆州女子死三日而〔一〕生。自言具見冥途善惡，國家休咎，鬼王令其傳語於人主〔二〕。荆州以聞，朝廷駭異。思見之，敕給驛騎，令至洛。行至南陽，遂喑不能言〔三〕，更無所識。至都，以其妄也，遣〔四〕歸。（《太平廣記》卷三八六《再生十二》，出《紀聞》）

〔一〕而　此字原無，據明鈔本補。

〔二〕主　明鈔本作「世」。

〔三〕言　明鈔本作「出聲」。

〔四〕遣　原作「遽」，據黄本、《四庫》本、《筆記小説大觀》本改。明鈔本作「遂」。

趙冬曦

華陰太守趙冬曦，先人壟〔一〕在鼓城縣。天寶初，將合附焉。啓其父墓，而樹根滋蔓，圍繞父棺，懸之於空，遂不敢發。以母柩置於其傍，封墓而返。宣城太守刁緬，改葬二親，緬亦納母棺於其側，封焉。後門緒昌盛也。冬曦兄弟七人，皆秀才〔二〕，有名當世，四人至二千石。緬三爲將軍，門施長戟。開元二十年，萬年縣〔三〕人父殁後，家漸富，遂葬母，父櫬亦爲縈繞，不可解。其人遂刀斷之，根皆流血，遂以葬。既而家道稍衰，死亡俱〔四〕盡。

（《太平廣記》卷三九〇《塚墓二》，出《紀聞》）

〔一〕壟　明鈔本作「墓」。按：壟，墓也。

〔二〕秀才　明鈔本、孫校本前有「明經」二字。按：《新唐書》卷二〇〇《儒學傳下·趙冬曦傳》：「兄夏日，弟和璧、安貞、居貞、頤貞、彙貞，皆擢進士第。」所中爲進士科，非明經科。

〔三〕縣　原作「有」，據明鈔本、孫校本改。

〔四〕俱　明鈔本作「略」。

裴談

裴談爲懷州刺史，有樵者入太行山，見山穴開，有黄金焉，可數間屋。樵者喜，入穴取金，得五鋌，皆長尺餘。因以石室穴，且志之。又數日往，則迷其處。樵者頗諳山谷，即於洛城、懷州造開石物鎚鑿數車。州有崔司户，知而助之。將往開，而談妻有疾，請道家奏章請命。奏章道士忽傳天帝詔曰：「帝詔〔一〕語裴談，吾太行山天藏開，比有樵夫見之。吾已遣金五鋌，命其閉塞。而愚人貪得，重求不獲，乃興惡，將開吾藏，已造鎚鑿數車。若開不休，或中吾伏藏，此爲開譴謫〔二〕，此州人且死盡〔三〕，深無所益。此州崔司户，與其同心，但詣崔驗之，自當有見。急止之，汝妻疾自當瘳矣。」談大異之，即召崔子問故，果符所言。乃没〔四〕其開石具，而禁止之，妻尋有間。（《太平廣記》卷四〇〇《寶一·金上》，出《紀聞》）

〔一〕詔　明鈔本、孫校本、陳校本無此字。
〔二〕此爲開譴謫　原作「此若開鎚鑿」，「鎚鑿」譌，據孫校本改。陳校本作「比爲開譴責」，明鈔本作「必重罹譴責」。
〔三〕盡　明鈔本作「令盡」。
〔四〕没　明鈔本、陳校本作「收」。没，没收。

紀聞卷九

牛氏僮

牛肅曾祖〔一〕、大父，皆葬河内，出家童〔二〕二户守之。開元二十八年，家僮以男小安，質於裴氏。小安〔三〕齒牙爲疾，晝卧厩中，若有告之者曰：「小安，汝何不起？但取仙人杖根煮湯，含之可以愈疾，何忍焉？」小安驚顧不見人，而又寢。未久，告之如初。安曰：「此豈神告我乎？」乃行求仙人杖。得大叢，掘其根，根轉壯大。入地三尺，忽得大磚，有銘焉。揭磚已下，有銅鉢枓，於其中盡黄金鋌，丹砂雜〔四〕其中。安不知書，既藏金，則以磚銘示村人楊之侃〔五〕，留銘示人，而不告之。銘曰：「磚下黄金五百兩，至開元二十八年五月十八日，有下賤〔六〕胡人年二十二姓史者得之。澤州城北二十五里白浮圖之南，亦二十五里，有金五百兩，亦此人得之。」

諸人既見銘，道路諠聞於裴氏子。問小安，且諱，執鞭之，終不言。於是拷訊，萬端不對，拘而閉諸室。會有畫工來訪小安，市丹砂焉。裴氏子誘問之，畫工具言其得金所以。又曰：「吾昨於人處，用錢一百，市砂一斤。砂既精妙〔七〕，故來〔八〕更市。」裴〔九〕氏益信得金，召小安，以畫工示之。安曰：「掘得銘後，下得數斤〔一〇〕丹砂，今無遺矣。金實〔一一〕不得。」則又加箠笞治之，卒不言，夜中亡去。會裴氏蒼頭自太原赴河内，遇小安於澤州。小安邀〔一二〕至市，酒〔一三〕飲酣招去。意者小安便〔一四〕取澤之金乎？及蒼頭至裴〔一五〕言之，方悟。（《太平廣記》卷四〇〇《寶一・金上》，出《紀録》，明鈔本作《紀聞》）

〔一〕曾祖　孫校本作「曾門」。按：曾門即曾祖。何延之《蘭亭記》：「吾曾門廬江節公……」曾門即指何延之曾祖何稠。

〔二〕童　明鈔本作「僮」。童、僮義同，奴僕也。

〔三〕小安　此二字原無，據明鈔本、孫校本、陳校本補。

〔四〕雜　談本原爲墨釘，汪校本據明鈔本補。孫校本、陳校本亦作「雜」。

〔五〕侃　孫校本作「佀」。

〔六〕賤　原作「賊」，據明鈔本、孫校本、陳校本改。

〔七〕妙　原作「好」，據孫校本、陳校本改。

〔八〕來　明鈔本作「求」。

〔九〕裴　原譌作「張」，今改。

〔一〇〕斤　原作「金」，據明鈔本改。

〔一一〕實　原譌作「寶」，據明鈔本、孫校本、陳校本改。

〔二〕邀　陳校本作「適」，當謌。

〔三〕酒　明鈔本作「沽」，陳校本作「痛」。

〔四〕便　明鈔本作「更」。

〔五〕裴　明鈔本作「懷」，懷州也。

宇文進

夏縣令宇文泰猶子進，嘗於田間得一崑崙子。洗拭之，乃黄金也，因寶持之。數載後，財貨充溢，家族蕃昌。後一夕〔一〕失之，而産業耗敗〔二〕矣。（《太平廣記》卷四〇〇《寶一・金上》，出《紀聞》）

〔一〕一夕　明鈔本作「忽」。

〔二〕敗　明鈔本作「散」。

玉猪子

執金吾陸大鈞從子某，其妻常〔一〕夜寢中，聞有物啁啾鬬聲。既覺，於枕下攬之，得二物。遽以火照，皆白玉猪子也，大數寸，狀甚精尠，置之枕中而寶之。自此財貨日增，家轉蕃衍，有求必遂，名位遷騰。如此二十年。一夕，忽失所在，而陸氏亦不昌矣。（《太平廣記》卷四〇一《寶二·玉》，出《紀聞·列異》）

〔一〕常　明鈔本、《四庫》本作「嘗」。常，通「嘗」。

按：《紀聞·列異》，《列異》當爲門類名，蓋本曹丕《列異傳》也。

水珠

大安國寺，睿宗爲相王時舊邸也。即尊位，乃建道場焉。王嘗施一寶珠，令鎮常住庫，云直一億萬〔一〕。寺僧納之櫃中，殊不爲貴也。開元十年，寺僧造功德，開櫃閲寶〔二〕物，將貨之，見函封曰：「此珠直億萬。」僧共開之，狀如片石，赤色。夜則微光，光高數寸。寺僧議曰：「此凡物耳，何得直億萬也？試賣之。」於是〔三〕市中令一僧監賣，且試其酬直。居數日，貴人或有問者，及觀之，則曰：「此凡石耳，瓦礫不殊，何妄索直！」皆嗤笑而去。僧亦耻之。

十〔四〕日後，或有問者，知其夜光，或酬價數千，價益〔五〕重矣。月餘，有西域胡人閲市求寶，見珠大喜，借頂戴於首〔六〕。胡人貴者也，使譯問曰：「珠價值幾何？」僧曰：「一億萬。」胡人撫弄，遲迴而去。明日又至，譯謂僧曰：「珠價誠直億萬，然胡〔七〕客久，今有四千萬求市，可乎？」僧喜，與之謁寺主，寺主許諾。明日，胡人於是〔八〕納錢四千萬貫，市之而去，仍謂僧曰：「有虧珠價誠多〔九〕，不貽責也。」僧問胡從何而來，而此珠復何能也，胡人曰：「吾大食國人也。王貞觀初通好，來貢此珠。後吾國常念之，募有得之者，當授相位。求之七八十歲，今幸得之。此水珠也，每軍行休時，掘地二尺，埋珠於其中，水泉立出，可給數〔一〇〕千人，故軍行常不乏水。自亡珠後，行軍每苦渴乏。」僧不信，胡人命掘土藏珠。有頃泉湧，其色清泠，流汎而出。僧取飲之，方悟靈異。胡人乃持珠去，不知所之。

（《太平廣記》卷四〇二《寶三》，出《紀聞》）

〔一〕直一億萬　汪校本「直」作「值」，談本原作「直」，今改。下同。「一」字原無，據明鈔本、孫校本、陳校本補。按：《太平御覽》卷七五〇引《風俗通》（東漢應劭撰）：「十千謂之萬，十萬謂之億，十億謂之兆。」

〔二〕寶　《廣豔異編》卷二〇珍奇部《水珠》無此字。

〔三〕是　明鈔本、《廣豔異編》無此字，然則上下文作「試賣之於市中」。

〔四〕十　明鈔本作「十餘」。

〔五〕價益　明鈔本作「則甚」。

〔六〕借頂戴於首　「借」原作「偕」，《廣豔異編》無此字。明鈔本、孫校本、陳校本全句作「借于頂戴之」。「偕」當爲「借」字之譌，今改。

〔七〕胡　明鈔本作「居此」。

〔八〕胡人於是　此四字原無，據陳校本補。孫校本作「於是」。

〔九〕有虧珠價誠多　「虧」明鈔本作「虧負」。孫校本全句作「有虧珠價，欠直則多」。

〔一〇〕數　明鈔本無此字。

盧翰

唐安太守盧元裕子翰言，太守少時，嘗結友讀書終南山。日晚溪行，崖中〔一〕得一圓石，瑩白如鑑。方執翫次，忽墮地而折〔二〕。中有白魚，約長寸餘，隨石宛轉落澗中。漸盈尺，俄長丈餘，鼓鬐掉尾，雲雷暴興，風雨大至。（《太平廣記》卷四二二《龍五》，出《紀聞》）

〔一〕溪行崖中　孫校本作「行溪崖中」。

〔二〕方執翫次忽墮地而折　原作「方執翫忽失，墮地而折」，據明鈔本、孫校本、陳校本改。

黿齧虎

天寶七載，宣城郡江中黿出，虎搏之。黿齧虎二瘡，虎怒，拔黿之首。而虎瘡〔一〕甚，亦死。（《太平廣記》卷四二七《虎二》，出《紀聞》）

〔一〕瘡　明陳繼儒《虎薈》卷四作「痛」。

田父牛

先天中，有田父牧牛嵩山〔一〕，而失其牛，求之不得。忽見山穴開，中有錢焉，不知其數。田父入穴，負十千而歸。到家又往取之，迷不知道。逢一人，謂曰：「汝所失牛，其直幾耶？」田父曰：「十千。」人曰：「汝牛爲山神所將〔二〕，已付汝牛價，何爲妄尋？」言畢，不知所在。田父乃悟，遂歸焉。（《太平廣記》卷四三四《畜獸一·牛》，出《紀聞》）

〔一〕嵩山　明鈔本作「嵩高」。按：嵩山又名嵩高山。唐徐堅等撰《初學記》卷五《地理上·嵩高山》：「嵩高山者，五岳之中岳也。《釋名》云：嵩字或爲崧。山大而高曰嵩。《白虎通》云：中央之岳，獨加高字者何？中央居四方之中而高，故曰嵩高山。」

〔二〕將　明鈔本作「取」。將，取也。

按：《廣記·牛》凡合編四條，皆無標目，今擬。

淮南獵者

張景伯之爲和州，淮南多象。州有獵者，常逐獸山中。忽有群象來圍獵者，令不得去。有大象至獵夫前，鼻絞獵夫，置之於背。獵夫刀仗墜者，象皆爲取送還〔一〕之。於是馱獵夫徑入深山，群象送於山口而返。入山五十里，經大磐石，石際無他物，盡象之皮革，餘血肉存焉。獵夫念曰：「得無於此啗我乎？」象負之且過。去石五十步，有大松樹，象以背依樹，獵夫因得登木焉。弓墜於地，象又鼻取，仰送之。獵夫深怪其故。象既送獵夫訖，因馳去。

俄而有一青獸，自松樹南細草中出，毳毛鬖髵，爪牙可畏，其大如屋，電目雷音，來止磐石，若有所待。有頃，一次〔二〕象自北而來。遥見猛獸，俯伏膝行。既至磐石，恐懼戰慄。獸見之喜，以手取之，投於空中。投已接取，猶未食噉，獵夫望之嘆曰：「畜獸之愚，猶請救於人。向來將予於山，欲予斃此獸也。予善其意，曷可不救！」於是引滿，縱毒箭射之，洞其左腋。獸既中箭，來趨獵夫，又迎射貫心，獸踣焉，宛轉而死。

小象乃馳還。俄而諸象二百餘頭，來至樹下，皆長跪，展轉獵夫下。前所負象，又以背承之，負之出山，諸象圍繞喧號。將獵夫至一處，諸象以鼻破阜，而出所藏之牙焉，凡三百餘莖，以示獵夫。又負之至所遇處，象又皆跪，謝恩而去。獵夫乃取其牙，貨得錢數萬〔三〕。（《太平廣記》卷四四一《畜獸八·象》，出《紀聞》）

〔一〕還　孫校本作「置」。

〔二〕次　《廣豔異編》卷二七獸部二及《續豔異編》卷一二獸部《淮南獵者》作「小」。按：下文作「小」。

〔三〕萬　明鈔本作「百萬」。

張寓言

山人張寓言，素有道術，博學多才。常寓居于朝士家，其宅大且凶。主人移出，寓言出飲，甚醉而還。不知其家已出，遂寢于堂廡下。夜半後頗醒，豎告之，寓言懼。時夜昏黑，乃有引其架上書者。寓言自暗窺之，乃鬼也，集于書架〔一〕之旁。寓言計將擊之，因起。寓言多力，先叱之，鬼稱革。寓言毆之，而踏其喉就地，又擊之，因絶聲〔二〕大叫云：「吾擒得鬼。」守者遽〔三〕以火至，乃一獼猴也，被擊已死，方知誤焉。先是一沐猴不知何來，每夜入人家偷竊。及寓言以爲鬼而殺之，一里無患矣。（《太平廣記》卷四四六《畜獸十三·獼猴》，出《紀聞》）

〔一〕架　《四庫》本作「案」。

〔二〕絶聲　孫校本作「聲絶」。

〔三〕遽　原作「遂」，據孫校本改。

沈東美

沈東美爲員外郎，太子詹事佺期之子。家有青衣，死且數歲，忽還家曰：「吾死爲神，今憶主母，故來相見。但〔一〕吾餓，請一餐可乎？」因命之坐，仍爲具食。青衣醉飽而去。及暮，僮發草積下，得一狐，大醉。須臾，狐乃吐其食，盡婢之食也，乃殺之。（《太平廣記》卷四四八《狐二》，出《紀聞》）

〔一〕但　孫校本作「寧」。寧，乃也，只也，但也。

葉法善

道士葉法善，括蒼人。有道術，能符禁〔一〕鬼神，中宗甚重之。開元初，供奉在内，位至金紫光禄大夫、鴻臚卿。時有名族，得江外一宰，將乘舟赴任，於東門外，親朋盛筵以待之。宰令妻子與親故車，先往胥溪〔二〕水濱。日暮〔三〕，宰至舟旁，饌已陳設，而妻子不至。宰復至宅尋之，云去矣。宰驚，不知所以〔四〕。復出城，問行人，人曰：「適食時，見一婆羅門僧，執幡花前導，有數乘車隨之。比〔五〕出城門，車内婦人皆下，從婆羅門，齊聲稱佛，因而北去矣。」宰遂尋車跡，至北邙虚墓間〔六〕，有大冢，見其車馬皆憩其旁。其妻與親表婦二十餘人，皆從一胡〔七〕僧，合掌繞冢，口稱佛名。宰呼之，皆不應，宰怒，前擒之〔八〕，婦人遂罵曰：「吾正逐聖者，今在天堂。汝何小人，敢此抑遏！」至於奴僕，與言皆不應〔九〕，亦相與繞冢而行。宰因執胡僧，遂失。于是縛其妻及諸婦人，皆諠叫。至第，竟夕號呼，不可與言。

宰遅明問於葉師，師曰：「此天狐也，能與天通。斥之則已，殺之不可。然此狐齋時必至，請與俱來。」宰曰：「諾。」葉師仍與之符，令置所居門。既置符，妻及諸〔一〇〕人皆寤，謂宰曰：「吾昨見佛來，領諸聖衆，將我等至天堂，其中樂不可言。佛執花前行〔一一〕，吾等方隨後作法事。忽見汝至，吾故罵，不知乃是魅惑也。」齋時，婆羅門果至，叩門乞食。妻及諸婦人聞僧聲，争走出門，喧言佛又來矣。宰禁之不可，乃執胡僧，鞭之見血，面縛，舁之往葉師所。道遇洛陽令，僧大叫稱冤。洛陽令反咎宰，宰具言其故，仍請與俱見葉師。洛陽令不信宰言，强與之去。漸至聖真觀，僧神色慘沮不言。及門，即請命。及入院，葉師命解其縛，猶胡僧也。師曰：「速復汝形。」魅即哀請，師曰：「不可。」魅乃棄袈裟于地，即老狐也。師命鞭之百，還其袈裟，復爲婆羅門。約令去千里之外，胡僧頂禮而去，出門遂亡。（《太平廣記》卷四四八《狐二》，出《紀聞》）

〔一〕禁　《太平廣記詳節》卷四〇作「刻」。刻，通「剋」。

〔二〕胥徯　「徯」原作「溪」，據《詳節》改。胥徯，待也。

〔三〕暮　《詳節》作「斜」。

〔四〕以　孫校本作「訪」。

〔五〕比　《詳節》作「北」。

〔六〕虚墓間　「虚」明鈔本、《詳節》作「墟」。按：虚，同「墟」。墟墓，又作「虚墓」，墓地。《新五代史》卷一九《周家人傳·淑妃楊氏》：「世宗詔有司營嵩陵之側爲虚墓以俟。」「間」原譌作「門」，據《詳節》改。

〔七〕胡　此字原無，據《詳節》補。

〔八〕皆不應宰怒前擒之　原作「皆有怒色，宰前擒之」，據《詳節》補改。明鈔本作「皆不應，宰前擒之」。

〔九〕應　《詳節》作「伏」。

〔一〇〕諸　《詳節》作「婦」。

〔一一〕行　原譌作「後」，據明鈔本、孫校本、《詳節》改。明憑虚子《狐媚叢談》卷一《狐化婆羅門》作「導」，《廣豔異編》卷三〇獸部五《婆羅門》作「道」。道，通「導」。

鄭宏之

定州刺史鄭宏之，解褐爲尉。尉之廨宅，久無人居，屋宇頹毁，草蔓荒凉。宏之至官，薙草修屋，就居之。吏人固争，請宏之無入。宏之曰：「行正直，何懼妖鬼！吾性强禦〔一〕，終不可移。」居二日，夜中，宏之獨卧前堂。堂下明火，有貴人從百餘騎來，至庭下，怒曰：「何人唐突，敢居于此！」命牽下。宏之不答。牽者至堂，不敢近。宏之乃起。貴人命一長人，令取宏之。長人昇階，循牆而走，吹滅諸燈。燈皆盡，唯宏之前一燈存焉。長人前欲滅之，宏之杖劒擊長人，流血灑地。長人乃走，貴人漸來逼。宏之具衣冠，請與同坐。言談通宵，情甚款洽。宏之知其無備，拔劒擊之。貴人傷，左右扶之，遽言：「王今見損，如何？」乃引去。

既而宏之命役徒百人，尋其血，至北垣下，有小穴方寸，血入其中。宏之命掘之，入地一丈，得狐大小數十頭，宏之盡執之。穴下又掘丈餘，得大窟。有老狐，裸而無毛，據土牀坐，諸狐侍之者十餘頭，宏之盡拘之。老狐言曰：「無害予，予祐汝。」宏之命積薪堂下，火作，投諸狐，盡焚之。次及老狐，狐乃搏頰，請曰：「吾已千歲，能與天通，殺予不祥，捨我何害？」宏之乃不殺，鎖之庭槐。

初夜中，有諸神鬼，自稱山林川澤叢祠之神，來謁之，再拜言曰：「不知大王罹禍乃爾，雖欲脱王，而苦無計。」老狐頷之。明夜，又諸社鬼朝之，亦如山神之言。後夜，有神自稱黄撅，多將翼從，至狐所，言曰：「大兄何忽如此？」因以手攬鏁，鏁爲之絶，狐亦化爲人，相與去。宏之走追之，不及矣。宏之以爲「黄撅」之名，乃狗號也，此中誰有狗名黄撅者乎？既曙，乃召胥吏問之，吏曰：「縣倉有狗老矣，不知所至，以其無尾，故號爲『黄撅』。豈此犬爲妖乎？」宏之命取之。既至，鏁繫將就烹，犬人言曰：「吾寔黄撅神也，君勿害我。我常隨君，君有善惡，皆預告君，豈不美歟？」宏之屏人與語，乃釋之。犬化爲人，與宏之言〔二〕，夜久方去。

宏之掌寇盜，忽有劫賊數十人入界，止〔三〕逆旅。黄撅神來告宏之曰：「某處有劫，將行盜，擒之可遷官。」宏之掩之果得，遂遷秩焉。後宏之累任將遷，神必預告。至如殃咎，常令迴避，罔有不中。宏之大獲其報。宏之自寧州刺史改定州〔四〕，神與宏之訣去。以是人謂宏之禄盡矣。宏之至州兩歲，風疾去官。（《太平廣記》卷四四九《狐三》，出《紀聞》）

〔一〕强禦　原譌作「禦禦」，據明鈔本、《廣豔異編》卷二六獸部一《黄撅神》改。《狐媚叢談》卷二《狐與黄撅爲妖》作「禦妖」。

〔二〕與宏之言　明鈔本作「宏之與言」。

〔三〕止　明鈔本作「之」。

〔四〕定州　《狐媚叢談》作「宣州」，誤。按：前作定州刺史，《新唐書》卷七五上《宰相世系表五上》亦載鄭宏之爲定州刺史。定州刺史乃其終職。

田氏子

牛肅有從舅，常過澠池，因至西北三十里謁田氏子。去田氏莊十餘里，經岅險，多櫟林。傳云中有魅〔一〕狐，往來經之者，皆結侶乃敢過。舅既至，田氏子命老豎往澠池市酒饌。天未明豎行，日暮不至，田氏子怪之。及至，豎一足又跛。問何故，豎曰：「適至櫟林，爲一魅狐所絆，因蹷而仆，故傷焉。」問何以見魅，豎曰：「適下坡時，狐變爲婦人，遽來追我，我驚且走。狐又疾行，遂爲所及，因倒且損。吾恐魅之爲怪，强起擊之。婦人口但哀祈，反謂我爲狐，屢〔二〕云：『叩頭野狐，叩頭野狐。』吾以其不自知，因與痛手，故免其禍。」田氏子曰：「汝無擊人，妄謂狐耶？」豎曰：「吾雖苦擊之，終不改婦人狀耳。」田氏子曰：「汝必誤損他人。且入户。」日入，見〔三〕婦人體傷蓬首，過門而求〔四〕飲，謂田氏子曰：「吾適過〔五〕櫟林，逢一老狐變爲人。吾不知是狐，前趨爲伴，同過櫟林，不知老狐却傷我如此。賴老狐去，餘命得全。妾北村人也，渴故求飲。」田氏子恐其見蒼頭〔六〕也，與

之飲而遺之。(《太平廣記》卷四五〇《狐四》,出《紀聞》)

〔一〕魅　明鈔本作「老」。
〔二〕屢《狐媚叢談》卷二《田氏老豎錯認婦人爲狐》作「屬」。
〔三〕見　明鈔本作「時」。
〔四〕而求　明鈔本作「請」。
〔五〕過　此字原無,據《狐媚叢談》補。
〔六〕蒼頭　《狐媚叢談》作「老豎」。

靳守貞

霍邑,古吕州也,城池甚固。縣令宅東北有城,面各百步,其高三丈,厚七八尺,名曰囚周厲王城,則《左傳》所稱「萬人不忍,流王于彘城」,即霍邑也。王崩,因葬城之北。城既久遠,則有魅狐居之。或官吏家、或百姓子女姿色者,夜中狐斷其髮〔一〕,有如刀截〔二〕。所〔三〕遇無知,往往而有。時〔四〕邑人靳守貞者,素善符呪,爲縣送徒至趙城。還歸至金狗鼻,傍汾河山名,去縣五里。見汾河西岸水濱,有女紅裳,浣衣水次。守貞目之,女子忽爾乘空過河,遂緣嶺躡虛,至守貞所,手攀其笠,足踏〔五〕其帶,將取其髮焉。守貞送徒,手猶持斧,因擊女子墜，從而斫之。女子死，則爲雌狐。守貞以狐至縣，具列其由，縣令不之信。守貞歸，遂每夜有老父及媪，繞其居哭，從索其女。守貞不懼。月餘，老父及媪駡而去，曰：「無狀殺我女，吾猶有三女，終當困汝。」於是遂絶，而截髮亦亡。（《太平廣記》卷四五〇《狐四》，出《紀聞》）

〔一〕髮　明鈔本、孫校本作「髻」。
〔二〕截　孫校本作「割」。
〔三〕所　明鈔本作「遂」。
〔四〕時　前原有「唐」字，今删。
〔五〕踏　孫校本作「蹈」。蹈，踏也。

袁嘉祚

寗王傅袁嘉祚，年五十應制，授垣縣縣丞。門〔一〕素凶，居〔二〕者盡死。嘉祚到官，而丞宅數任〔三〕無人居，屋宇摧殘，荆棘充塞。嘉祚剪其荆棘，理其墻垣，坐廳事中。邑老吏人皆懼，勸出，不可。既而魅夜中爲怪〔四〕，嘉祚不動。伺其所入，明日掘之，得狐。狐老矣，兼子孫數十頭，嘉祚盡烹之。次至老狐，狐乃言曰：「吾神能通天，預知休咎。願置我，我能益於人。今此宅已安，捨我何害？」嘉祚前與之言，備告其官秩。又曰：「願爲耳目，長〔五〕在左右。」乃免狐。後嘉〔六〕祚如狐言，秩滿果遷，數年至御史，狐乃去。（《太平廣記》卷四五一《狐五》，出《紀聞》）

〔一〕門　汪校本據明鈔本改作「闕」。按：門、闕義同，皆指門户。今回改。

〔二〕居　原作「爲」，據明鈔本改。

〔三〕任　明鈔本作「年」。

〔四〕既而魅夜中爲怪　明鈔本作「而魅果夜中爲怪」。

〔五〕長　明鈔本作「常」。長，常也。

〔六〕嘉　此字原無，據明鈔本補。

紀聞卷十

宣州江

宣州鵲頭鎮，天寶七載，江水盛漲，瀰〔一〕漫三十里。吴俗善泅，皆入水用〔二〕接柴木。大江中流有一材下〔三〕，長十餘丈。泅者往觀之，乃大蛇也。其色黄，爲水所浮，中江而下。泅者懼而返，蛇遂開口銜之，泅者正横蛇口，舉其頭，去水數尺。泅者猶大呼請救，觀者莫敢救焉。（《太平廣記》卷四五七《蛇二》，出《紀聞》）

〔一〕瀰　此字原無，據明鈔本、《太平廣記詳節》卷四二補。

〔二〕用　此字原無，據明鈔本、《詳節》補。用，行事。

〔三〕大江中流有一材下　「大」字原無，據明鈔本、孫校本、《詳節》補。《詳節》無「下」字。

杜暐

殿中侍御史杜暐，嘗使嶺外。至康州，驛騎思止，白曰：「請避毒物。」於是見大蛇截道南出，長數丈，玄武後追之。道南有大松樹，蛇昇高枝盤繞，垂頭下視玄武。玄武自樹下仰其鼻，鼻中出兩道碧煙，直衝蛇頭。蛇遂裂而死，墜於樹下。又見蜈蚣大如箏[一]。牛肅曾以其事問康州司馬狄公，狄公曰：「昔天寶四載，廣府[二]因海潮，漂一蜈蚣死，剖其一爪，則得肉百二十斤。至廣州市，有人籠盛兩頭蛇，集人衆中言：『汝識二首蛇乎？汝見二首蛇，則其首並出。吾今異於是，首尾[三]各一頭，欲見之乎？』市人請見之。乃出其蛇，蛇長二尺，頭在首尾。市人伶者，常以弄蛇爲業。每執諸蛇，不避毒害。見兩頭蛇，則以手執之。蛇盤其手，伶者言痛，棄蛇於地。加藥焉，不愈。其囓處腫，遂浸淫，俄而遍身。伶者死，身遂洪大，其骨肉皆化爲水，身如貯水囊。有頃水潰，遂化盡。人與兩頭蛇失所在。」（《太平廣記》卷四五七《蛇二》，出《紀聞》）

〔一〕箏　談本原爲墨釘，汪校本據明鈔本改。孫校本亦作「箏」。黄本、《四庫》本、《筆記小説大觀》本作「耕」，與下「牛」字連讀，誤。

〔二〕廣府　明鈔本作「廣州府」。按：唐時廣州未昇爲府，然其唐初設大都督府，改中都督府，故稱廣府。見《舊唐書》卷四一《地理志四》。《四庫》本改作「廣西」，誤。按：廣州屬嶺南道，康州在其西。至唐懿宗咸通三年（八六二），嶺南道方分爲東西道。

〔三〕尾　原作「蛇」，誤，據下文改。

元庭堅

翰林學士、陳王友〔一〕元庭堅者，昔罷遂州參軍，於州界居山讀書。忽有人身而鳥首，來造庭堅。衣冠甚偉，衆鳥隨之數千，而言曰：「吾衆鳥之王也。聞君子好音律，故來見君。」因留數朝〔二〕，教庭堅音律清濁，文字音義，兼教之以百鳥語。如是來往歲餘，庭堅由是曉音律，善文字，當時莫及。陰陽術數，無不通達。在翰林，撰《韻英》十卷〔三〕，未施行，而西京陷胡，庭堅亦卒焉。（《太平廣記》卷四六〇《禽鳥一·鳳》，出《紀聞》）

〔一〕陳王友　明鈔本無此三字。按：《南部新書》戊卷有此三字。陳王即李珪，唐玄宗子。見《舊唐書》卷一〇七《玄宗諸子傳》。友，親王官職名。《舊唐書》卷四四《職官志三·王府官屬》：「親王府……友一人，從五品下。」

〔二〕朝　原作「夕」，據明鈔本、孫校本改。朝，日也。

〔三〕撰韻英十卷　按：《新唐書》卷五七《藝文志一》甲部經録小學類著録玄宗《韻英》五卷，注：「天寶十四載撰，詔集賢院寫付諸道採訪使，傳布天下。」

羅州

羅州山中多孔雀，群飛者數十爲偶。雌者尾短，無金翠。雄者生三年[一]有小尾，五年成大尾。始春而生，三四月後復凋，與花萼俱[二]榮衰。然自喜其尾而甚妬，凡欲山棲，必先擇有置尾之地，然後止焉。南人生捕者，候甚雨，往擒之。尾霑雨[三]重，不能高翔。人雖至，且愛其尾[四]，恐人所傷，不復騫翔也。雖馴養頗久，見美婦人好衣裳與童子彩[五]服者，必逐而啄之。芳時媚景，聞管絃笙歌，必舒張翅尾，眄睇[六]而舞，若有[七]意焉。山谷夷民烹而食之，味如鵝，解百毒[八]。人食其肉後[九]，飲藥不能愈病。其血與其首，解大毒。南人得其卵，使雞伏之即成。其脚稍屈，其鳴若曰「都護」。土人取其尾者，持刀於叢篁幽[一〇]隱之處自蔽，伺過，急斷其尾。若不即斷，迴首一顧，金翠無復光彩[一一]。（《太平廣記》卷四六一《禽鳥二·孔雀》，出《紀聞》）

[一]無金翠雄者生三年　明鈔本作「無金翠也，雛生三年」。

[二]俱　原作「相」，據明鈔本、《太平廣記詳節》卷四二、《古今事文類聚》後集卷四一羽蟲部《孔雀·孔雀生南州》引《紀聞》改。

[三]雨　原作「而」，當譌，據《事文類聚》改。

〔四〕人雖至且愛其尾　《事文類聚》作「又至愛其尾」。
〔五〕彩　原作「絲」，據《詳節》改。
〔六〕昤睇　明鈔本「睇」作「睞」。《詳節》、《事文類聚》作「眄睞」。
〔七〕有　明鈔本作「得」。
〔八〕毒　《事文類聚》作「病」。
〔九〕後　此字原無，據明鈔本、《詳節》、《事文類聚》補。
〔一〇〕幽　原作「可」，據《詳節》、《事文類聚》改。
〔一一〕金翠無復光彩　《事文類聚》末有「矣」字。

張氏

濮州刺史李全璋妻張，牛肅之姨也。開元二十五年，卒于伊闕莊。張寢疾，有鳥止於庭樹，白首，赤足，黄腹，丹翅，其鳴但云「懊恨也母兮」，如是晝夜不絶聲。十餘日張殂，鳥遂不見。（《太平廣記》卷四六三《禽鳥四》，出《紀聞》）

王旻之

王旻之在牢山，使人告琅琊太守許誠言曰：「貴部臨沂縣其沙村，有逆鱗魚，要之調藥物，逆鱗魚，仙經云，謂之肉芝，故是欲以調藥也。願與太守會於此。」誠言許之，則令其沙村設儲峙，以待太〔一〕和先生。先生既見誠言，誠言命漁者捕所求。其沙村西有水焉，南北數百步，東西十丈，色黑至深，岸有神祠。鄉老言於誠言〔二〕曰：「十年前，村〔三〕中少年於水釣得一物，狀〔四〕甚大，引之不出。於是下釣數十道，方引其首出。狀如猛獸，閉目，其大如車輪。村人謂其死也，以繩束縛，繞之〔五〕樹，十人同引之。猛獸忽張目大震，聲若霹靂，近之震死者〔六〕十餘人，因怖喪去〔七〕精魂爲患者二十人。猛獸還歸於水。乃建祠廟祈禱之，水旱必有應。若逆鱗魚，未之有也。」誠言乃止。（《太平廣記》卷四六六《水族三》，出《紀聞》）

〔一〕太　明鈔本作「大」。大，通「太」。

〔二〕誠言　孫校本作「太守」。

〔三〕村　孫校本作「沙村」。按：村名其沙村。

〔四〕狀　孫校本無此字。

〔五〕之　明鈔本作「于」。

〔六〕近之震死者　孫校本作「近者震死」。

〔七〕去　明鈔本作「亡」。

長人國

新羅國東南與日本隣，東與長人國接。長人身三丈，鋸牙鈎爪。不火食，逐禽獸而食之，時亦食人。裸其軀，黑毛覆之。其境限以連山數千里，中有山峽，固以鐵門，謂之鐵關。常使弓弩數千守之，由是不過。（《太平廣記》卷四八一《蠻夷二·新羅》，出《紀聞》）

按：《廣記·蠻夷二·新羅》凡六條，皆無標目。出《紀聞》者二條，今擬題，下同。

海中長人

天寶初〔一〕，使贊善大夫魏曜使新羅，策立幼主。曜年老，深憚之。有客曾到新羅，因訪其行路。客曰：「永徽中，新羅、日本皆通好，遣使兼報之。使人既達新羅，將赴日本國，海中遇風，波濤大起，數十日不止，隨波漂流，不知所届。忽風止波静，至海岸邊。日方欲暮，時同至者〔二〕數船，乃維舟登岸，約百有餘人。岸高二三十丈，望見屋宇〔三〕，争往趨〔四〕之。有長人出，長二丈，身具衣服，言語不通。見唐人至，大喜，于是遮擁令入宅中。以石填門，而皆出去。俄有種類百餘，相隨而到。乃簡閲唐人膚體肥充者，得五十餘人，盡烹之，相與食噉。兼出醇酒，同爲宴樂。夜深皆醉，諸人因得至諸院。後院有婦人三十人，皆前後風漂爲所擄者。自言男子盡被食之，唯留婦人，使造衣服。『汝等今乘其醉，何爲不去？吾請道〔五〕焉。』衆悦。婦人出其練縷數百匹負之，然後取刀，盡斷醉者首。乃行至海岸，岸高，昏黑不可下，皆以帛繫身，自縋而下。諸人更相縋下，至水濱，皆得入船。及天曙船發，聞山頭叫聲，顧來處，已有千餘矣。絡繹下山，須臾至岸。既不及船，虓吼振騰。使者及婦人並得還。」（《太平廣記》卷四八一《蠻夷二·新羅》，出《紀聞》）

〔一〕天寶初　前原有「又」字，今删。

〔二〕同至者　「至」原作「志」，據明鈔本改。孫校本作「同志者」，據補「者」字。

〔三〕屋宇　孫校本作「邑屋」。

〔四〕趨　明鈔本作「過」。

〔五〕道　明鈔本作「導」。道，音義同「導」。

許誡言

許誡言爲瑯邪太守，有囚縊死獄中，乃執去年修獄典鞭之。修獄典曰：「小人主修獄耳，如牆垣不固，狴牢破壞，賊自中出，猶以修治日月久，可矜免。況囚自縊而終，修獄典何罪？」誡言猶怒曰：「汝胥吏，舉動自〔一〕合笞，又何訴？」（《太平廣記》卷四九四《雜録二》，出

《紀聞》）

〔一〕自　南宋謝維新《古今合璧事類備要》外集卷一九《答修獄典》引《紀聞》作「則」。

杜豐

齊州歷城縣令杜豐，開元十五年，東封泰山，豐供頓。乃造棺器三十枚，寘行宫。諸官以爲不可，豐曰：「車駕今過，六宫偕行，忽暴死者，求棺如何可得？若事不預備，其悔可追乎？」及置頓使入行宫，見棺木陳于幕下，光彩赫然，驚而出，謂刺史曰：「聖主封嶽，祈福祚延長。此棺器者誰之所造？且將何施？何不祥之甚！」將奏聞。刺史令求豐，豐逃于妻臥牀下，詐稱賜死，其家哭之。賴妻兄張摶〔一〕爲御史，解之，乃得已。豐子鍾，時爲兖州參軍。都督令掌厩馬芻豆，鍾曰：「御馬至多，臨日煮粟，恐不可給，不如先辦。」乃以鑊煮粟豆二千餘石，納于窖中，乘其熱封之。及供頓取之，皆臭敗矣。乃走，猶懼不免，命從者市半夏半升，和羊肉煮而食之，取死。藥竟不能爲患而愈肥。時人云，非此父不生此子。（《太平廣記》卷四九四《雜録二》，出《紀聞》）

〔一〕摶　明鈔本作「搏」。

修武縣民

開元二十九年二月，修武縣人嫁女，壻家迎婦，車隨之。女之父懼村人之障車也，借俊馬〔一〕，令乘之，女之弟乘驢從，在車後百步外行。忽有二人出于草中，一人牽馬，一人自後驅之走。其弟追之不及，遂白其父。父與親眷尋之，一夕不能得。去女家一舍，村中有小學。時夜學，生徒多宿。淩晨啓門，門外有婦人，裸形斷舌，陰中血皆淋漓。生問之，女啓齒流血，不能言。生告其師，師出户觀之，集諸生謂曰：「吾聞夫子曰：『木石之怪夔魍魎，水之怪龍罔象，土之怪墳羊。』吾此居近太行，怪物所生也。將非山精野魅乎？盍擊之？」于是投以塼石。女既斷舌不能言，諸生擊之，竟死。及明，乃非魅也。俄而女家尋求，至而見之，乃執儒及弟子詣縣。縣丞盧峰訊之，實殺焉。乃白于郡，笞儒生及弟子，死者三人。而刼竟不得。（《太平廣記》卷四九四《雜録二》，出《紀聞》）

〔一〕俊馬　明鈔本作「駿馬」。按：俊，通「駿」。西漢劉向《新序》卷五《雜事》：「驊騮、緑驥，天下之俊馬也。」

李元皛

李元皛爲沂州刺史，怒司功郄承明，命剥之屏外。承明狡猾者也，既出屏，適會博士劉琮璡後至，將入衙。承明以琮璡儒者，則前執而剥之，紿曰：「太守怒汝衙遲，使我領人取汝，令便剥將來。」琮璡以爲然，遂解衣。承明目吏卒，擒琮璡以入，承明乃逃。元皛見剥至，不知是琮璡也，遂杖之數〔一〕十焉。琮璡起謝曰：「蒙恩賜杖，請示罪名。」元皛曰〔二〕：「爲承明所賣。」竟無言，遂入户。（《太平廣記》卷四九四《雜録二》，出《紀聞》）

〔一〕數　《古今合璧事類備要》外集卷一九《入謝請罪》引《紀聞》作「至」。

〔二〕曰　《四庫》本作「知」。

汀州

江東採訪使奏於虔州〔一〕南山洞中置汀州，州境五百里〔二〕，山深〔三〕，林木秀茂，以領長汀、黄連、雜羅三〔四〕縣。地多瘴癘，山都〔五〕、木客叢萃其中。（中華書局版王文楚等點校北宋樂史《太平寰宇記》卷一〇二《江南東道·汀州》引牛肅《紀聞》，又北宋晏殊《晏元獻公類要》卷二《福建路·汀》引牛肅《記聞》，南宋王象之《輿地紀勝》卷一三二《福建路·汀州》據《寰宇記》引牛肅《記聞》）

〔一〕虔州　《晏元獻公類要》誤作「處州」。按：《寰宇記》原亦誤作「處州」，點校本據《輿地紀勝》改。

〔二〕里　《類要》作「餘里」。

〔三〕深　《類要》作「中」。

〔四〕三　《類要》作「等」。按：《輿地紀勝》亦作「三」。

〔五〕山都　《類要》「都」譌作「多」。

三都

汀州〔一〕初移長汀，而長汀大樹千餘株，皆豫章，迫隘以新造州府，故斬伐林木。凡斬伐諸樹，其樹皆楓松〔二〕，大徑二三丈〔三〕，高者三百尺，皆〔四〕山都所居。有三種〔五〕：其高者曰人都，在其中者曰猪都，處其下者曰鳥都〔六〕。人都即如人形而卑小，男子婦人自爲配耦〔七〕。猪都皆身如猪。鳥都皆人首，盡能人言，聞其聲而不見其形，亦鬼之流也。三都皆在樹窟〔八〕宅，人都所居最華。人都或時見形。當伐木時，有術者周元太〔九〕能伏諸都，禹步爲厲術〔一〇〕，則以左合赤索〔一一〕，圍而伐之。樹既〔一二〕卧仆，剖其中，三都皆不能〔一三〕化，則執而投之鑊中煮之，盡滅〔一四〕焉。（中華書局版王文楚等點校北宋樂史《太平寰宇記》卷一〇二《江南東道·汀州》引牛肅《紀聞》，又北宋晏殊《晏元獻公類要》卷二一《福建路·汀》引牛肅《記聞》，南宋王象之《輿地紀勝》卷一三二

《福建路・汀州》據《寰宇記》引牛肅《記聞》）

〔一〕汀州　原省略「汀」字，今補。

〔二〕而長汀大樹千餘株皆豫章迫隘以新造州府故斬伐林木凡斬伐諸樹其樹皆楓松　「而」字原無，據《類要》補。按：《類要》作「而長汀迫隘以新造州府，故斬伐林木，凡殺大樹千餘根，皆豫章、楓松也」。《輿地紀勝》多有省略，然亦作「凡殺大樹千餘根」。

〔三〕大徑二三丈　《類要》「徑」作「者」。按：大徑、大者，當指樹冠直徑。

〔四〕皆　此字原無，據《類要》、《輿地紀勝》補。按：《類要》前有「斬伐諸樹，其樹」六字。

〔五〕有三種　此三字原無，據《類要》、《輿地紀勝》補。

〔六〕其高者曰人都在其中者曰猪都處其下者曰烏都　《類要》作「處其下者曰猪都，居其中曰人都，在其高者曰烏都」，《輿地紀勝》同，唯末句無「者」字。

〔七〕人都即如人形而卑小男子婦人自爲配耦　《輿地紀勝》無「人都」二字，而前接烏都，乃烏都之況。按：下文乃云「烏都皆人首，盡能人言，聞其聲而不見其形」，與《寰宇記》同，知實爲人都事，但省「人都」二字耳。《類要》有「人都」二字，「即」作「初」，「卑」字空闕。

〔八〕窟　《類要》作「爲」。

〔九〕周元太　《類要》作「顧元大」。

〔一〇〕禹步爲厲術　《類要》作「禹仗以厲術」，「仗」字誤。按：禹步，巫師、道士模仿大禹跛步以治鬼魅。《太平御覽》卷八二引《尸子》：「古者龍門未辟，呂梁未鑿，禹於是疏河決江，十年不窺其家，生偏枯之病，步不相過，人曰禹步。」揚雄《法言·重黎篇》：「昔者姒氏治水土，而巫步多禹。」晉李軌注：「姒氏，禹也。治水土涉山川，病足，故行跛也。禹自聖人，是以鬼神猛獸蜂蠆蛇虺，莫之螫耳，而俗巫多效。」

〔一一〕左合赤索　《類要》「左合」作「左右」，誤。按：道士以左索治鬼魅災病。唐釋道世《法苑珠林》卷九一引《冤魂志》：「至夜，範（王範）始眠，忽然大鼾，連呼不醒。家人牽青牛臨範上，并加桃人、左索。」《南史》卷七六《釋寶誌傳》：「直解杖頭左索繩擲與之，莫之解。」東晉葛洪《肘後備急方》卷一《治卒魘寐不寤方第五》：「又方，以甑帶、左索縛其肘後，男左女右，用餘梢急絞之，又以麻縛脚，乃詰問其故。約勑解之，令一人坐頭守，一人於户内呼病人姓名，坐人應曰諾在便蘇。」

〔一二〕既　《類要》作「皆」。

〔一三〕能　此字原無，據《類要》、《輿地紀勝》補。

〔一四〕盡滅　此二字原無，據《類要》補。

雜羅山神

開元末，雜羅縣令孫奉先，晝日坐〔一〕廳事。有神見庭中，披戈執殳〔二〕，狀甚可畏，奉先見之驚起。神曰：「吾雜羅山神也。今從府主求一牛〔三〕爲食，能見祭乎？祭，吾當佑爾。」奉先對曰：「神既有請〔四〕，誠〔五〕不敢違。然格令有文，殺〔六〕牛事大，請以羊豕代牛，可乎？」神怒曰：「惜一牛不以祭，我不佑爾，其能宰乎？」因滅。于是瘴癘〔七〕大起，月餘不息。奉先病死，其家二十口亡盡。（中華書局版王文楚等點校北宋樂史《太平寰宇記》卷一〇二《江南東道·汀州·長汀縣·雜羅故城》引牛肅《記聞》，又北宋晏殊《晏元獻公類要》卷二《福建路·汀·長汀縣·雜羅故城》引牛肅《記聞》，南宋王象之《輿地紀勝》卷一三二《福建路·汀州·古迹·新羅故城》引《寰宇記》引牛肅《記聞》。按：新字誤，當作雜）

〔一〕坐　《類要》作「治」。治，治事，辦公。

〔二〕披戈執殳　《類要》作「投戈執戟」。

〔三〕今從府主求一牛　《類要》作「今從府君注一水牛」。

〔四〕請　《類要》作「責」。責，求也。

〔五〕誠　《類要》作「決」。

〔六〕殺　《類要》作「役」。

〔七〕瘴癘　《輿地紀勝》作「癘疫」。

附録

涪水材

梓潼郪縣，唐大曆七年夏六月甲子，涪水汎溢，流木數千條，梁棟榱桷具備，補内城屋，悉此木。喬林爲之記。（《太平廣記》卷四〇七《草木二·異木》，出《洽聞記》）

按：喬林當作喬琳，天寶初進士，兩《唐書》有傳。明鈔本作《紀聞》，誤。《洽聞記》，大曆中詩人鄭常撰，一作鄭遂撰，會昌中人。

資州龍

韋臯鎮蜀末年，資州獻一龍，身長丈餘，鱗甲悉具。臯以木匣貯之，蟠屈於内。時屬元日，置於大慈寺殿上。百姓皆傳，縱觀二三日，爲香烟薰死。國史闕書，是何祥也？（《太平廣記》卷四二三《龍五》，出《紀聞》）

按：《舊唐書》卷一四〇《韋臯傳》載，德宗貞元元年（七八五），韋臯拜檢校户部尚書、兼成都尹、御史大夫、劍南西川節度使，順宗永貞元年（八〇五）八月卒。時牛肅當已早卒。檢《類説》卷五二《戎幕閒談·資州獻龍》即此事，知原出韋絢書，《廣記》出處誤。

楊生

晉太和中，廣陵人楊生者畜一犬，憐惜甚至，常以自隨。後生飲醉，卧於荒草之中。時方冬燎原，風勢極盛，犬乃周匝嘷吠，生都不覺。犬乃就水自濡，還即卧於草上。如此數四，周旋跬步。草皆沾濕，火至免焚。爾後生因暗行墮井，犬又嘷吠至曉。有人經過，路人怪其如是，因就視之，見生在焉。遂求出己，許以厚報。其人欲請此犬爲酬，生曰：「此狗曾活我於已死，即不依命，餘可任君所須也。」路人遲疑未答，犬乃引領視井。生知其意，乃許焉。既而出之，繫之而去。却後五日，犬夜走還。（《太平廣記》卷四三七《畜獸四·犬上》，出《記聞》）

按：此爲晉事，而《紀聞》所記皆唐事。明鈔本、陳校本俱作出《續搜神記》。檢《藝文類聚》卷九四、《太平御覽》卷九〇五引此條亦作《續搜神記》（陶潛撰）。明本《搜神後記》卷九及拙著《新輯搜神後記》卷七輯入，知談本誤。

王軒

盧肇住在京南海，見從事王軒有孔雀。一日奴告曰：「蛇盤孔雀，且毒死矣。」軒令救

之，其走卒笑而不救。軒怒，卒云：「蛇與孔雀偶。」（《太平廣記》卷四六一《禽鳥二·孔雀》，出《記聞》）

按：盧肇大中時人，王軒大和進士，其不出牛書甚明。此條前爲《羅州》，出《紀聞》，蓋涉前而誤。《天中記》卷五八《與蛇相偶》亦引作《紀聞》，沿《廣記》之誤。

孝女李娥

吴宣城郡青陽縣有梅根冶孝女李娥廟，居曾阜之巔，林木秀茂，周迴十里。土人不敢樵採。敬而事之，日薦蘋藻。娥父，吴大帝時爲鐵官冶，以鑄軍器。一夕，煉金竭鑪而金不出。時吴方草創，法令至嚴，諸耗折官物十萬即坐斬，倍又没入其家，而娥父所損折數過千萬。娥年十五，痛傷之，因火烈，遂自投于鑪中，赫然屬天。於是金液沸湧，溢於鑪口。娥所躡二（按：原作三，據《四庫全書》本改）屨浮出於鑪，身則化矣。其金汁塞鑪而下，遂成溝渠，泉注二十里，入于江水。其所收金，凡億萬斤。溝渠中鐵，至今仍存。故吴俗每治銅鐵，必先爲娥立祠，享而祈福。（《太平御覽》卷四一五《人事部·孝女》引《紀聞》）

按：此爲吴大帝孫權時事，原出不詳。《御覽》所引《紀聞》或有誤，或爲同名書。《天中記》卷一八、《廣博物志》卷二三亦引《紀聞》，當據《御覽》。